明代
文學故事
【上冊】

明代文學故事 上

目次

悲憤詩人張羽龍江自沉

在明初的詩壇上，吳中的詩人占有重要的地位，其中「吳中四傑」的詩名最高，人們把他們與「初唐四傑」相比。作為「吳中四傑」之一的張羽，他的命運和創作，在明初的詩人中也是頗具代表性的。

張羽（一三三三—一三八五年），字來儀，江西潯陽人。張羽少年時隨父親客居浙江吳興，在山陰跟隨夏仲善學《易》。後來因為元末天下大亂，戰火紛起，他和父親阻於兵亂，不得回江西老家，就客居於杭州。因為他喜歡吳興一帶的山水景色，就與詩人徐賁相約，共同卜居於戴山之麓，經常相攜優遊山水，吟詩作文。不久，他應聘擔任安定書院的院長。明代初年，有人將他舉為賢良，推薦於朝廷，他不願出仕。後來朱元璋下詔徵他赴京，在朝廷之上，他的對答得到朱元璋的欣賞，被任命為太常司丞。朱元璋非常看重張羽的文才，在洪武十六年（一三八三年）親自述說滁陽王的事蹟，命張羽撰寫廟碑，當時朝廷的一些文誥也出自張羽之手。洪武十八年（一三八五年），張羽因事得罪了朱元璋，被流放嶺南，走到半路時，朱元璋派人將張羽追還。張羽星夜趕往京師，抵達龍江時，他感到自己回到京師也免不了一死，於是就投龍江自殺而死。其作品集留存有《靜居集》六卷。

張羽早年就走出相對封閉的江西地區，到江浙一帶居住，後來又定居吳中。江浙一帶是當時商品經濟最為發達，市民意識產生較早的地區，吳中濃厚的人文氣氛給他的思想帶來影響，使他開始用新的眼光打量周圍的世界。他用自己的一腔熱情去讚美吳中城市的繁華，在〈長洲行送黃茂宰之官長洲〉的詩中，他這樣描寫蘇州城的繁榮景象：「閶門大道多酒樓，美人如雪樓上頭。爭唱吳歌送吳酒，玉盤纖手進冰羞，勸人但飲不須愁。」寫蘇州城內街道平坦，酒樓林立，美人如雪，吳歌陣陣，吳酒飄香，使這座商業城市處處充滿著世俗的誘惑，字裡行間流露出詩人對城市生活的熱愛。

在中國的傳統觀念中，一直是重農輕商，商人在人們的心目中大都是唯利是圖的奸詐之徒，因此，在宋元之前的文學作品中，商人多充當反面的角色。元末，東南沿海尤其江浙一帶商業較為發達，人們對商人的認識也在逐步改變。在張羽的筆下，商人及商人的生活得到描繪與肯定，〈賈客樂〉這首詩，就從正面肯定了商人的生活，反映出人們對待商人態度的變化。詩中寫了商人為獲利而浮家泛宅，志在江湖的人生態度，姓名不在官籍的自由自在生活，大婦歌小婦舞的家庭樂趣，沽美酒宿娼樓的盡情享樂。商人們不僅有豐富的物質生活，也有美滿的感情生活，不再是「商人重利輕別離」，而是「旗亭美酒日日沽，不識人間離別苦」。由此張羽發出了「人生何如賈客樂」的感嘆，感嘆之中又帶有豔羨，詩中充盈著一股享樂意識，這種意識正是市民意識的體現。在張羽同時代的一些詩人的創作中也有描寫商賈的作品，如徐賁的〈賈客行〉、楊維楨的〈海客行〉、劉崧的〈祝船詞〉等，對商賈生活都有不同程度的描寫與肯定，但都不如張羽的這首詩對商人生活描寫得這麼細緻，這麼充滿著欣賞之情。

張羽是一個很有才華和抱負的文人，青年時期就有很大的志向，渴望著建功立業。他最推崇的是古代的遊俠之士，憑著自己的本領遊行四方，小者可以助困濟危，大者可以躋身卿相。

他不屑於周人的重利輕義，瞧不起孔孟之類的迂儒，他追慕的是戰國的遊俠之士虞卿。虞卿是戰國的遊俠，他遊說趙王，受到趙王的信任，被任命為趙相。中國古代的文人每每談及建功立業與實現自由人格的雙重理想時，就不約而同地把目光投向春秋戰國時期的遊俠之士。在他們眼中，春秋戰國的遊俠之士胸懷才幹，遍說諸侯，建功立業可以致身卿相，為王者之師，追求自由可以拋棄權位走向山水。但是，隨著秦漢封建大一統政權的確立，戰國遊俠的獨立自由精神漸漸被封建專制君主的權力意志所奴役，他們留給後世文人的只有無盡的遐想和一連串的嘆息。身為書生而又不甘心於書齋生活，不滿於書生的窮困遭際，這是自唐代以來埋藏在文人心中的一個情結，這可以說是奮發進取，也可以說是因自身的失落感而帶來的傷心之嘆、不平之鳴，張羽對於這一點是有切身體會的。

儘管張羽青年時遭逢元末大亂，胸懷大志卻沒有得到實現的機會，尤其到了中年之後，在明初封建專制政權下做官，親眼目睹了一批文人慘遭迫害，特別是自己的好友高啟、陳惟允無故被殺，使他時刻體會到人生的憂懼，昔日的雄心早已消磨殆盡，有的只是明哲保身、謹慎度日的惶恐，這種人生態度在他的詩中多有體現。例如高啟被殺之後，張羽寫了許多悼念懷友的詩篇，但大多寫得很含蓄，吞吞吐吐，剛開了頭就很快地結了尾，給人一種欲言又止的感受。如他的〈悼高青丘季迪三首〉之一寫道：「燈前把卷淚雙垂，妻子驚看那得知。江上故人身已沒，篋中尋得寄來詩。」他偶然翻尋自己的書篋，發現了高啟生前寄給自己的詩篇，一種物在人亡的懷舊之感陡然湧上心頭，他感慨高啟的屈死，但又不敢為高啟之死鳴不平，甚至連痛哭一場也不敢，只有在燈影下暗自垂淚，使得他的妻子也感到很吃驚。妻子當然不理解張羽內心的痛苦，他的這種痛苦無法向他人訴說，只有深深地埋藏在心底。心中有苦難訴，只有以淚洗面了。

從張羽的這類詩中，我們不僅可以看到他心中的痛苦和憂懼，也可以了解到，在明代初年近乎殘酷的封建專制之下一代文人的特殊心態。正因為在張羽心中一直存在著這種惶恐不可終日的畏懼感，才造成了他龍江自沉的悲劇。

江右詩宗：江西才子劉崧

在元末明初的詩學界，流派眾多，各呈異彩，特別是以地域為代表的各種風格流派最為引人注目。據明胡應麟在《詩藪》中說，在明代初年吳中詩派以高啟為首，越中詩派以劉基為首，閩中詩派以林鴻為首，嶺南詩派以孫蕡為首，而江右詩派則以劉崧為首，由此可見劉崧在明初詩壇上占有重要的地位，可以說他是明初江右詩派的領袖人物。

劉崧（一三二一—一三八一年），字子高，又名楚，號槎翁，江西泰和人。劉崧出身貧寒，自幼聰明過人，五歲跟隨祖父學習詩書，每天能記誦幾千字的文章。七歲起就開始做詩，一次，他跟隨祖父睡覺，夜晚聽到雞叫聲，祖父就以雞鳴為題讓他做一首詩。劉崧脫口而出，吟誦出一首七律，詩的末句說：「喚醒人間蝴蝶夢，起看天上火龍飛。」祖父聽了感到很吃驚，不由得感嘆說：「這孩子將來一定能成大器！」劉崧學習十分刻苦，因家中貧寒，冬天沒有爐火禦寒，他練習寫文做詩不懈，手被凍得開裂成一道道血口，仍然不停地寫。

劉崧十六歲游興國，為了謀生做了私塾先生，十九歲時遊歷南昌，當時南昌一帶的詩人李叔正、萬石、楊伯謙、查和卿、周復等十人詩名很大，被人稱為「江西十才子」。劉崧與他們交遊，把自己的詩作拿出來給他們看，他們看了之後，對劉崧的詩才大為嘆服，於是就推舉劉崧做他們的首領。劉崧的名氣越來越大，有人就向行省的官員推薦劉崧，行省就徵聘劉崧做龍溪山長，劉崧不屑於做這樣一個低微的職務，拒不赴任。劉崧顯然是在向嵇康學習，以嵇康的高潔人格自比。簡單地說，他不願出仕，主要在於他的孤高自傲與對自由人格的追求。

元至正年間，劉崧參加科舉考試，中了舉人，當報捷的使者到他家時，劉崧正在田間幹活，聽到這種喜訊，他感慨萬千，潸然淚下，嘆息說：「當初父母教訓我，就是為了使我有今天，想不到今天我中了舉，父母卻見不到了！」後來因為天下大亂，他就沒有出去做官。明洪武三年（一三七〇年），劉崧以經明修行被薦於朝廷，被授職為兵部職方郎中，不久遷北平按察司副使。後因得罪當朝丞相胡惟庸，很快被放逐回鄉。洪武十三年（一三八〇年），胡惟庸被誅，劉崧再度被起用，授官禮部侍郎，不久升遷為吏部尚書，可是沒多久，又因故停職回家。洪武十四年（一三八一年）又復官，任職為國子司業，上任不久就病死了。劉崧為人謹厚，為官清廉，任兵部職方郎中時，他奉命徵糧鎮江，鎮江一帶勛戚大臣的田地很多，租稅很重，老百姓怨聲載道。劉崧立即上書朝廷，要求減輕百姓的賦稅，並得到朝廷的批准。任北平按察使期間，他減輕刑罪，召集流民，恢復生產，興辦學校，移風易俗，得到當地百姓的稱頌。他為官多年，家產沒有增加，生活仍然很清貧。他有一床棉被，蓋了十年，被老鼠咬壞後，仍然拿來改成棉衣讓兒子穿，由此可以看出他的廉潔清儉。劉崧的清廉一直受到人們的稱讚。朱元璋對劉崧似乎也很賞識，在劉崧死後，他寫了一幅「學通古今」的誥書贈與劉崧，並命有司為劉崧治喪，自己還親自為劉崧寫了一篇祭悼的文字。

劉崧不僅是一個清官，還是一個勤奮的詩人。在他的一生中，不論處於何種情況下，他都吟詠不停，寫作不止。在他的性格中有一種對詩的癡迷。劉崧的詩歌數量多，內容豐富，其中有一個突出的主題，即描寫他內心中追求自由與建功立業的矛盾，或者說是仕與隱的矛盾。劉崧出身貧寒，自幼苦讀，目的是有朝一日中進士、做高官，光耀門楣，名留青史。同時他又是一個渴望自由的詩人，不甘心受官場規矩的束縛，在元代末年他拒不赴任，其中的原因之一是追求自由自在的生活。明代初年，他做了官，功名心得到了滿足，可又失去了自由，這常在他心中引起痛苦的反思，造成他心理的矛盾。特別是在明初險惡的政治環境中，他必須時刻小心謹慎，使他越來越感到做官的不自在。劉崧在明初做官，一方面有功名心在起作用，另一方面也迫於當時的政治環境。他雖然厭倦官場生活，卻不敢貿然辭官，因為辭官就意味著與朝廷不合作，就會引來殺身之禍。朱元璋在明初有明確的規定，文人士大夫凡是不為君用者就是犯罪，輕則抄家，重則殺頭，高啟、朱同、蘇伯衡等人的被殺就是例子。正是出於這種原因，劉崧才希望朝廷把自己斥逐回家。

劉崧詩歌的另一個重要內容，是以寫實的手法反映出元代末年動亂的社會現實，描寫戰亂給人們帶來的災難，具有「詩史」的價值。劉崧身歷元末的社會大動亂，親眼目睹了廣大百姓家破人亡、流離失所的慘景，他用自己的詩筆將這些全都記錄了下來。如至正十一年（一三五一年）劉福通、芝麻李、彭玉瑩、徐壽輝等人領導的農民起義在各地興起，全國範圍內很快掀起了轟轟烈烈的反元鬥爭運動，劉崧有感於此，寫了〈壬辰感事六首〉的組詩，反映了戰爭興起前後的社會景象。第一首歌頌動亂之前的社會昇平，第二首寫紅巾軍起義的浩大聲勢，第三首、第四首寫起義軍勢力發展的迅猛無比，第五首寫各地農民踴躍參加紅巾軍的情景，第六首寫戰爭給城市與百姓帶來的毀滅性災難。作者筆下的景象是「井邑十萬家，一炬同飛灰」。〈羅明遠殺賊歌〉寫至正壬辰三月起義軍入廬陵，守將羅明遠招募鄉勇與起義軍作戰，最後被起義軍所殺的經過。寫這首詩時，劉崧雖然是站在敵視起義軍的立場上，但畢竟如實地將這場戰爭記錄了下來，具有一定的史料價值。從這一角度上說，劉崧是繼承了杜甫詩歌傳統的現實主義詩人。

「開國文臣之首」：帝師宋濂

宋濂（一三一〇—一三八一年），字景濂，號潛溪，浙江浦江人。幼年聰明英挺，學習刻苦，向別人家借書，都親手抄下來。最初拜當時有名的夢吉為師，學習儒家經典，後來跟元末文學家吳萊、柳貫、黃溍學習古文，柳、黃二人對宋濂自嘆弗如。宋濂隱居在青蘿山中讀書，幾年不出書屋。之后，又獲得到一位姓鄭的藏書樓學習的良機，讀盡了其中幾萬卷的藏書，學問日益淵博。元朝至正年間，朝廷徵召他任翰林院編修，他看透元政府的腐敗殘暴，藉口父母年老需要奉養，推辭不就，自己隱居於龍門山，著書立說。

朱元璋攻取南京後，由於李善長的推薦，宋濂與劉基、章溢、葉琛同時接受徵召來到南京，劉基輔助籌劃軍務，宋濂被任命為江南儒學提舉，為太子講解經籍。宋濂博洽的學問，深受朱元璋的賞識，讓他常常跟隨左右，以備顧問。他曾多次建議從《春秋》、《尚書》等儒家經典中吸收治國之道，得到朱元璋的讚許。一三八六五年，宋濂回家省親，寫信勸勉太子要「孝友敬恭、進德修業」。朱元璋十分高興，讓太子好好回信，並與太子重賜宋濂。洪武二年（一三六九年），任命宋濂為總裁，編修《元史》。宋濂任太子老師前後十幾年，常以法律禮制、前代興亡規勸教導，太子都虛心接受，稱宋濂為「師父」。

宋濂一直對這個新政權滿懷熱情，對朱元璋也是忠心耿耿。明太祖想以五等官爵分封功臣，常與宋濂同宿大本堂，通宵達旦地討論。明太祖問他帝王最該讀什麼書，宋濂推薦《大學衍義》，太祖就命人把它抄寫在大殿兩邊的牆上。有位大臣茹太素上書一萬多字，明太祖很生氣，嫌太長，問群臣該如何處置。有的說「這是不敬之罪」，有的說是「誹謗非法」，只有宋濂說：「他正是因為忠於陛下啊。陛下正廣開言路，不可治罪。」等明太祖看完了書，覺得甚有可取，就把群臣召來訓斥，說：「要沒有宋濂，朕差點誤傷忠臣。」宋濂還常勸告太祖要清心寡欲，保養身體。明太祖對宋濂也是恩寵有加，他誇讚宋濂說：「我曾聽說最高尚的人是聖人，其次是賢者，再次是君子。宋濂跟我十九年，未曾說一句假話，譏嘲任一人的短處，始終如一。他不只是個君子，幾乎稱得上是個賢者了。」每次宴飲，朱元璋都給宋濂設座敬茶。宋濂不能飲酒，一次太祖逼他喝了三杯，他就邁不開步了。朱元璋哈哈大笑，讓人作了一首〈醉學士詩〉。據說朱元璋曾調製了一杯甘露湯，親手端給宋濂喝，說：「這能治病延年，願與卿共享。」並令太子賜宋濂好馬，親製〈良馬歌〉，讓群臣唱和。君臣相得，毫無猜忌。

洪武六年，宋濂官拜侍講學士，兼贊善大夫，三年後升為翰林學士承旨知制誥，明朝的典章制度、宗廟山川的祭祀文章，乃至元勛功臣的傳記碑文，大多出自宋濂手筆，被尊為「開國文臣之首」。一三七八年宋濂告老還鄉，朱元璋賜他《御制文集》和錦緞，並問他年紀多大，宋濂回答「六十八」，朱元璋就說：「你把錦緞拿回去藏上三十二年，作百歲衣穿吧。」宋濂非常感激。一三八一年，因孫子宋慎犯法，宋濂被流放茂州，病死途中。正德年間，追贈謚號「文憲」。

宋濂善寫傳記體散文，如〈秦士錄〉、〈王冕傳〉、〈記李歌〉、〈李疑傳〉、〈杜環小傳〉等，都十分有名。他的人物傳記，敘述繪聲繪色，毛髮都動，具有太史公筆法。如〈記李歌〉，寫一位品質純貞的妓女，不事妝飾，縞衣素裳，姿容如玉雪，望之宛若仙人，從不與無賴少年交往，不得已參加酒筵應酬，則「歌道家遊仙辭數闋，儼容默坐。或有狎之者，輒拂袖徑出，弗少留」，以死抵抗縣令的淫威。一個潔身自愛，美麗勇敢的女性形象，被作者用簡練的文筆活畫出來，對話鮮活，如聞其聲。可歎這位美麗的主人公終為強盜所殺。

宋濂的散文，結構精巧卻渾然不覺，雄健質樸而氣勢博大，「隨地湧出，波瀾自然浩渺」。（黃宗羲語）語言自然洗練，明白曉暢，不用險僻艱澀之句，讀來朗朗上口，節奏合拍，卻極具表現力，如〈環翠亭記〉寫道：「當積雨初霽，晨光熹微，空明掩映，若青琉璃然。浮光閃彩，晶瑩連娟，撲人衣袂，皆成秋色。」僅三十四個字，就把雨後竹林的水、氣、光、色一一寫出而渾然一體，加上晨曦初露，風吹衣袂，使人心胸清爽，其語言之精練，融情入景之超妙，已臻化境。

宋濂一生，除大量的制度文誥外，著述尚多，今傳有《宋文憲公集》、《宋景濂未刻集》、《淵穎集》等多種。

開國元勛劉伯溫的詩與文

劉基（一三一一—一三七五年），字伯溫，元武宗至大四年六月十五日出生於處州青田縣南田山武陽村（今浙江省文成縣）一個沒落的書香人家。父親劉爚，自己一生未能中舉，將希望都寄託在劉基身上。劉基從小聰慧穎異，過目成誦，而且勤奮好學，當地人把他視為神童。十四歲進入處州郡讀書，除學經史之外，諸子百家，無所不覽。十六歲時考中秀才，不久就辭別家人，隻身來到青田縣城西四十餘里的石門洞，潛心治學，修身明理，「上貫三墳，下通百家」，「九流六藝，靡不窮極」，這一番閉門苦讀，劉基的視野開闊了，思想深邃了，學業取得了不同尋常的成就，為他以後的詩文創作乃至安邦定國，打下了深厚的基礎。

元朝統治者崇尚武功，極端鄙視文士，科舉制度也常遭荒廢，不能按期舉行。元仁宗接受漢人老師的建議，不顧許多蒙古貴族的反對，於延祐二年（一三一六年）恢復科舉。儘管如此，民族歧視的政策仍然時時左右著人才的選拔。元科舉分為兩榜，右榜為蒙古人、色目人；左榜為漢人、南人。漢人考試的題目難，名額少，考中進士倍加艱難。在這種情況下，劉基二十二歲時參加鄉試，順利中舉，考中江浙第十四名舉人。元統元年（一三三三年），二十三歲的劉基又北上大都，一舉及第，考中第二十六名、漢人南人第二十名進士，登時名揚海內。翰林學士、老詩人揭奚斯見到劉基，讚嘆道：「此魏徵之流，而英特過之，將來濟世器也。」可謂慧眼識人。

三年後，劉基出仕，任江西行省高安縣丞。他疾民所苦，為官清廉，秉公執法，不畏強暴，很快將境內治理得清平安樂，百姓仰賴，稱為「青天」。不久，他奉命複查一樁因贓官胡亂判處的冤案，雖然案情大白，凶手伏法，但是得罪了當地蒙古鄉紳勢力。他們羅織罪名，誣告陷害，使劉基幾乎無法立足，只得調到江西行省任掾吏。官府的昏暗腐敗，同僚的貪贓枉法，使清廉正直的劉基難以與他們同流合汙，三十歲時，他毅然辭官歸田。三十八歲時他復出，任江浙儒學副提舉，旋即辭去。四十一歲時他抱病居於鄉里，鑽研宋朝兵書總匯《武經》，分類整理，輯錄古代戰例，以自己獨到的兵法思想加以發揮，寫成著名兵書《百戰奇略》。四十二歲時，劉基第三次走入仕途，任浙東元帥府都事，赴江東剿滅海盜方國珍，幾次戰敗其軍，保衛了沿海人民的生活安寧。但因朝中有些受賄的大臣堅持讓朝廷以「仁心」招降方寇，堅持剿捕的劉基受到了免職的處分，交由紹興地方官看押。劉基看透了元朝的腐朽昏庸，從此不再對它抱有幻想。雖然四十七歲前劉基曾四次為官，其實一直心灰意懶，再次棄職是他的必然選擇。半生的奔波與遭遇，使劉基對政治、人生有了自己透徹的理解，在家鄉青田隱居的時期，他將這些理解和認識寫進寓言集《郁離子》中。

五十歲時，在朱元璋再三禮請下，劉基與宋濂、章溢、葉琛同赴金陵，陳時務十八策，擬定征討大計。朱元璋視他為肱股膀臂，獎信有加，專門建一個禮賢館讓他安居。憑著卓絕一代的才學智慧、謀略決斷，劉基運籌帷幄，協助朱元璋先取陳友諒，得勝龍灣，再搗江州，降洪都，最終大戰鄱陽湖，殲滅陳友諒。後攻張士誠，取江淮之地，得湖、杭二州，包圍張的老巢平江，迫使張士誠懸梁自盡。其間，劉基任吳王朱元璋的太史令，鼓勵、擁護朱元璋擺脫小明王韓林兒，掃滅群雄，摧毀暴元，一統天下。並在金陵為他建築宮城，與李善長等立法定制，積極為新王朝做好籌備工作。一三六七年十一月修成《戊申大統歷》，十二月，修成《律令》，一三六八年奏立《軍衛法》，為新朝議取國號為「明」。明朝建立後，劉基任御史中丞、太子贊善大夫等職，後被封為開國翊運守正文臣、上護軍、誠意伯。他主張寬以濟世，讓百姓休養生息，鼓勵開墾荒地，興修水利，獎勸農桑。為人剛正廉潔，秉公執法。曾奏斬中書省都事李彬而觸怒李善長，也因討論宰相人選時，公允直言而得罪了汪廣洋、胡惟庸。六十三歲時，已告老還鄉的劉基在胡惟庸的讒言誣陷下被朱元璋剝奪了俸祿，他只得抱病進京謝罪。一三七五年病逝，享年六十五歲。

劉基不僅精通兵法韜略、天文曆法，是一位亂世軍師、治世良臣，而且還是一位卓有成就的文學家，是明初三大家之一。文章與宋濂並駕，詩歌與高啟齊名。他的詩歌大多作於元末，但不像當時詩壇的詩歌那樣平弱、雕刻，而是古樸雄渾、慷慨蒼涼。劉基詩歌的深雄宏闊，慷慨激揚的特色，顯示了新時代的闊大氣象。作為明代詩壇的奠基者之一，他的詩歌對後來者不無開闢先導之功。

劉基文章的成就以寓言集《郁離子》為代表。寓言形式短小，情節生動，以精練的語言表達深刻的道理，是智者哲人表達思想的絕好工具。劉基聰穎絕代，遭遇曲折，對社會對人生都有著深刻的認識和理解，《郁離子》正是他的智慧、才華與想像力的結晶。

《郁離子》一書共收寓言一百九十五則，分為十八章。郁離子是作者假託的理想人物，藉他之口，表達自己的政治或人生思想。從內容上看，有一部分寓言鞭撻了社會上各種醜惡行為和錯謬思想，揭示了為人處世的正確態度與方法。如〈工之僑〉表達了對貴古賤今思想的不滿；〈趙人患鼠〉告訴人們辦事要先解決主要矛盾；〈野貓捉雞〉嘲笑了貪財如命的人；〈若石防虎〉警告對於敵人永遠不要喪失警惕；〈道士救虎〉則要人們分清善惡；〈西郭子喬〉告誡要慎於交友；〈好姣服者〉告誡不要因小失大；〈象虎〉反對經驗主義等等，無不切中人病，含意深刻。

《郁離子》不僅思想精練，令人深思，而且能給人以文學的享受，情節具體生動，想像奇特豐富，語言精練古樸，寫人寫物情態畢現，維妙維肖，而且善用排比、對偶，駢四儷六之句，散見錯落，讀來流暢自然，音節琅琅。是寓言中不可多得的精品。

國子助教貝瓊感作〈真真曲〉

貝瓊（？—一三七八年）字廷琚，又名闕，字廷臣，崇德（今浙江省）人。貝瓊博學多才，尤其擅長於詩歌。他為人坦率耿直，篤性好學，但科舉一直不順利，直到四十八歲時才中了舉人。元末張士誠占據吳中，貝瓊隱居於殳山，張士誠聽說貝瓊的大名，派人前去徵聘貝瓊，讓他出來做官，可貝瓊卻拒不出山。明洪武三年（一三七〇年），朱元璋詔修《元史》，徵聘博學通儒，貝瓊應召進京，參加修《元史》。《元史》修完，貝瓊被賜金還山。洪武六年（一三七三年），貝瓊被詔用為國子助教，他在任恪盡職守，慨嘆古樂不作，主張恢復儒家的禮樂之治，他與另兩位國子助教聶鉉、張九韶被時人稱為「成均三助」，美名傳於朝廷。洪武九年（一三七六年）貝瓊改任中都國子監，專門負責教育有功勛臣的子弟，因為他人品端方，學問淵雅，無論是文臣還是武將，對他都很敬重。洪武十一年（一三七八年），貝瓊致仕歸家，不久就病死於家中。

貝瓊的詩歌大多數都是寫景記事之作，寫景詩多是短詩，自然清新，記事詩則以長詩為優，其敘事詩最具代表性的是〈真真曲〉。這首詩所記是元代發生的一個真實的故事，故事發生在姚樞擔任翰林承旨的至正年間。一天姚樞與翰林院的同僚官員們在一起集會宴飲，宴席中間有歌伎優伶們演奏樂曲。當一段樂曲演奏完畢後，這時一個倡女出來唱歌曲，姚樞見她年紀很輕，容貌美麗，氣質高雅，舉止行為不同於一般的倡家女子，心中感到奇怪。倡女唱起曲子，聲音婉轉，歌喉輕圓，是用南方口音唱的南方曲調，姚樞更加奇怪，顯然這女子是從南方流落到京師來的。等到女子唱完一支曲子，姚樞把她叫到面前，問道：「聽你的口音是南方來的，你是哪裡人？叫什麼名字？祖上是做什麼的？」女子聽了，突然眼中流淚，哭泣著說：「我是建寧人，叫真真，是西山公的後代子孫。我父親在濟南做官，掌管庫府，因為盜用庫府的財物，吃官司下獄，官府逼著我家償還財物，父親無錢償還，只好賣了我償還，因此我就流落在倡家。」說完已經是泣不成聲。女子所說的西山公是南宋著名儒者、理學家真德秀，原來她竟然是一代大儒真德秀的子孫，不幸落入倡門。在座的人聽了無不愕然，姚樞更是感嘆不已，怎麼能坐視大儒西山公的子孫落入這種不堪的境地呢？他心中頓起憐憫同情之心，他馬上派人到丞相三寶奴那裡說明情由，請三寶奴把真真的倡籍銷去，還她的自由之身。然後，他又對翰林官員王棣說：「真真是大儒之後，出身名門，我現在認她做義女，你還沒有娶妻，我就把真真許配你為妻吧。」隨後姚樞又親自出錢為真真置辦了豐厚的嫁妝，像嫁自己的親生女兒一樣將真真嫁給了王棣。王棣後來做官順利，一直做到翰林待制，真真也做了翰林夫人。姚樞義救真真女的事從此在文人士大夫中傳為佳話。在元末明初，這件事仍然被人們作為美談，比如高啟在明初也參加《元史》的撰修，一次在史館聽同事們談起姚樞拯救真真的義舉，很受感動，就寫了一首題為〈真氏女〉的詩，據高啟在這首詩的序中說，當時在場的同館之士都有詩作記寫這件事。貝瓊與高啟同在史館修史，對這件事自然也很熟悉。但據他在〈真真曲〉的詩序中所說，他這首詩的起因是因為讀《篔谷筆談》而作的，他本來對真真的事就有所聞，在翻閱《篔谷筆談》這部筆記時，看到書中詳細地記載了姚樞為真真銷倡籍的事，他深受感動，於是就揮筆一抒胸中的感慨，寫下了長詩〈真真曲〉。

〈真真曲〉一共八十二句，四十二韻，記敘了從酒座聽曲，到姚樞嫁真真的全過程。這首詩寫得平易流暢，敘述有序，在記敘中時加作者的議論，將議論與抒情融為一體，很能體現貝瓊詩歌的藝術特點。

羅貫中懷志著「三國」

《三國志通俗演義》是中國文學史上第一部長篇白話小說，它的出現，對明清小說的創作產生了重大的影響。《三國志通俗演義》雖然最後成書於元末明初的作者羅貫中之手，但三國故事的流傳以及其從歷史到小說的演變，卻經歷了數百年的漫長歷程。

《三國志通俗演義》所描寫的，是中國歷史上公元一八四年到公元二八〇年間的故事，這一時期是中國歷史上軍閥混戰，三國鼎立，從統一走向分裂，又從分裂走向統一的歷史時期，那是一個動盪的年代，也是一個英雄輩出的年代，曾產生過很多可歌可泣、可悲可嘆的人物和故事。因此，從晉代開始，三國的人物和故事便在史學家和文學家的筆下得到再現，在民間眾口流傳。

羅貫中以其獨特眼光，發現了蘊藏在三國故事中的歷史文化內涵和審美價值，並以其卓越的才華，對流傳在社會上的三國故事進行收集整理，作了很大的藝術加工和發揮創造。他刪去了《全相三國志平話》中荒誕離奇的傳說，增加了許多的史實，擴充了篇幅，《三國志通俗演義》這一巨著，終於以其全新的面貌在他的筆下誕生。

《三國志通俗演義》是一部歷史演義小說，羅貫中是以三國時期的歷史人物和事件為基本素材創作這部小說的。因此，《三國志通俗演義》就與一般的小說有所不同，它具有「歷史」和「文學」的兩種特徵和功能。說得更明白一點，《三國志通俗演義》既然是一部歷史小說，它首先必須尊重歷史事實，符合歷史精神，它所寫的人物和主要事件必須是三國歷史上存在過的，發生過的，作者不能隨意編造，信口開河；其次，既然它是一部小說，一部文學作品，它又必須具有文學性，就應該允許作家進行適當的藝術虛構和創造，而不能去機械地照抄歷史，模仿歷史，否則它就成了歷史教科書而不是一部小說。

羅貫中寫作《三國志通俗演義》，遵循了嚴格的歷史精神，他所寫的人物和故事，基本上都是以三國的史實為基礎的。在具體的故事敘述和人物描寫中，羅貫中在不違背歷史精神的原則下，對三國時期的歷史和人物進行了特殊的藝術再現，進行了合理的改造和虛構。例如在陳壽的《三國志》中，有關劉備三請諸葛亮的事記載得相當簡單，僅有五個字：「凡三往，乃見。」意思是說劉備去請諸葛亮，一共去了三次，才見到他。至於劉備如何去見諸葛亮，為何去了三次等，陳壽都沒有寫。在《三國志通俗演義》中，羅貫中卻充分發揮了自己的藝術想像和創造精神，將《三國志》中的五個字發展成為洋洋灑灑數萬字的三回篇幅，寫出了令中國人家喻戶曉的劉備「三顧茅廬」的生動故事。這種手法我們可以稱為「擴展法」。

羅貫中在《三國志通俗演義》的創作中，為了表現藝術的真實性，敢於大膽創造，在尊重歷史事實的基礎上，對史實進行改動，有時為了突出甲的形象，就將在歷史上本來屬於乙的故事嫁接到甲身上，這種方法可以稱為「移花接木法」。

就尊重歷史與藝術創造兩方面來看，《三國志通俗演義》是有實有虛，虛實結合的。這不僅表現於作者羅貫中對歷史材料的取捨，還表現在人物性格的塑造上。如書中張飛的性格特徵是勇猛粗魯，疾惡如仇，小說中怒鞭督郵的故事就突出地表現出張飛的這種性格。再如，曹操是歷史上一個英雄人物，具有雄才大略，在歷史上多有貢獻。而羅貫中在小說中卻把曹操塑造成一個「奸雄」形象，突出了曹操性格的奸詐。寫他殺呂伯奢全家，借糧官王垕的頭來穩定軍心等，多出自羅貫中的創造。後來，有的歷史學家不滿意羅貫中把曹操寫得那麼奸，那麼差勁，要為曹操翻案，主要還是因為，他們把歷史與文學混為一談，沒有區分開來。其實，羅貫中筆下的曹操與歷史上的曹操並不是一碼事，已經脫離了歷史上的曹操成為一個「奸雄」的典型，我們在讀《三國志通俗演義》時，應該把文學形象的曹操與歷史上的曹操區別對待，才會在評價曹操的形象時不致產生誤會。由此可見，羅貫中的《三國志通俗演義》雖然取材於歷史，是尊重歷史的，但它畢竟是一部小說，在這部小說中，歷史之實與藝術之虛是相互依存的，實中有虛，虛中有實，正是這種虛實的有機結合，才使這部小說取得了令人矚目的藝術成就，成為中國古代歷史小說創作中不可企及的高峰。

《三國》中的戰爭與謀略

戰爭是人類歷史的奇觀，它是殘酷的，也是壯麗的，幾乎自人類歷史產生以來，人類之間的戰爭就沒有停止過。在世界各民族的歷史文獻記載和文學創作中，有關戰爭的記述與描寫也是層出不窮。在中國古代的文學作品中，描寫戰爭最出色的當數《三國志通俗演義》。

《三國志通俗演義》的戰爭描寫，繼承了從《左傳》到《史記》中的戰爭描寫傳統，並加以發揚光大，創新提高。全書寫了大小幾十個戰爭場面，其中有兩軍對陣的廝殺，也有戰略戰術的運用；有以少勝多的範例，也有出奇制勝的妙計；有水戰，也有火攻。每一個戰爭場面都寫得具體而生動，形式多樣而不呆板，表現出戰爭的複雜多變。比如諸葛亮七擒孟獲，七縱七擒，每次擒拿孟獲的形式都不一樣，而他的六出祁山，也各自不同。再如用火攻的戰例，諸葛亮火燒新野用的是火攻，周瑜在赤壁之戰中火燒戰船用的是火攻，陸遜大破劉備同樣也是用的火攻，可每次戰爭的形勢不同，敵我雙方的力量不同，所用的火攻也就有所差異。諸葛亮火燒新野時，曹軍人多勢眾，劉備則兵少將寡，只得放棄新野。諸葛亮讓出新野城，故意叫曹軍占領，然後放火燒城。待曹軍逃出城到白河下游時，又讓關羽放水淹曹軍，這是水淹火攻並舉，以少勝多。周瑜火燒戰船，與此不同。當時曹操憑藉著千艘戰船排列江面，要攻東吳，諸葛亮與周瑜聯合用計，先使蔣幹中計，藉曹操之手殺死曹軍中懂得水戰的將領蔡瑁、張允，然後再讓龐統到曹操那裡，去獻連環計，把曹軍戰船用鐵鏈鎖在一起，使其不便移動，最後是借東風，一把火將曹操的戰船焚燒殆盡，使曹操不戰而敗。周瑜的火燒戰船，可謂是機巧百出，費盡心思。在吳蜀彝陵之戰中，劉備一則由於為關羽報仇心切，二則不懂兵法，連營七百里依山林下寨，結果被陸遜輕易地用火攻之法，一舉火燒劉備的七百里大營，使劉備元氣大傷，慘敗氣絕白帝城。《三國志通俗演義》的這種戰爭描寫方法，可以稱為「犯中見避法」。所謂「犯」，就是指其在戰爭描寫方面不僅寫戰爭很多，而且同樣形式的戰爭也寫了不少，如同是寫水淹、寫火攻就寫了多次，這樣就會很容易造成寫法上的雷同。所謂「避」，就是說羅貫中即使寫同類的戰爭，也能靈活用筆，使其在相似之中見變化，寫出新意，避免了重複與雷同。從這方面可以看出，羅貫中是一個善於描寫戰爭的高手。

《三國志通俗演義》通過戰爭描寫揭示了這樣一個道理：決定戰爭勝負的是人而不是武器裝備，是人的智慧和韜略的運用。因此，在戰爭描寫中，羅貫中特別擅長於寫出戰爭中複雜的人際關係，通過戰爭描寫展示各種人不同的性格特徵。在這一方面，赤壁之戰是寫得最精彩的例子。羅貫中用整整一卷十則的巨大篇幅，著力描寫這一戰爭，寫了這場戰爭的發生、發展和結局，展現了十多個人物的形象風采。將戰火與詩情相結合，使整個戰爭描寫表現得豐富多彩，跌宕生姿，具有很強的藝術魅力。

《三國演義》這部不朽的長篇歷史小說，能夠和《水滸傳》、《西遊記》、《金瓶梅》並稱為「四大奇書」（李漁語），不僅僅由於它記載了一段波瀾壯闊的社會歷史，描寫了驚心動魄的政治鬥爭，塑造了眾多鮮活人物，描繪了刀光劍影的沙場廝殺，更在於它描述了眾多智者的驚人謀略，運籌帷幄的高超本領，並教人以處世的方法。

《三國演義》中對謀略的描寫堪稱一絕，而且把應用謀略所取得的功效也表現得淋漓盡致。劉備能以「販屨織席之輩」，占荊州，得西川，與魏、吳終成「鼎立」之勢，無疑與他的軍師，被稱為「智絕」的諸葛亮的韜略是分不開的。諸葛亮歷來被人們看做是智慧的化身。

《三國演義》對諸葛亮是極為推崇的。對諸葛亮祭東風、草船借箭、三氣周瑜、智料華容道、巧擺八陣圖、識魏延反骨、智取成都、罵死王朗、空城計、七星燈，死了以後還以木偶退敵兵，遺錦囊殺魏延等一連串的描寫，把他的聰明才智描述得痛快淋漓。他的智謀之高，少有人敵。難怪魯迅先生說：「狀諸葛之多智而近妖。」

除了對諸葛亮進行大肆潑墨地描寫外，書中還用大量筆墨對另外兩位智者：周瑜和司馬懿的謀略作了描述。他們雖也是智慧絕倫，可和諸葛亮比起來仍是稍遜一籌。這樣，他們就幾乎成了諸葛亮的陪襯人物。

《三國演義》除了描述智者的智鬥外，還記述了不少文人謀士的策略，如王允以貂蟬為餌，巧用連環計，使董卓和呂布父子反目，從而成功地除掉董卓。楊彪使用反間計，令李傕、郭汜發生內訌，等等。計謀之多，不一而足。這樣看來，《三國演義》簡直是一部「謀略大全」了。

古人說：「老不看『三國』，少不看『西遊』。」讀《三國演義》確實能給人以啟發，啟迪，增人閱歷，長人智謀。尤其是謀略方面，用之正途，對人對己都有好處，但是，倘若用之邪途，則害人匪淺。總之，我們讀《三國演義》，常常不由自主地為其中的謀略描寫而讚嘆，不論其所寫的是陰謀還是陽謀，都是中國傳統智慧文化的一部分，值得我們辨析總結。

「三國」故事中的人物「三絕」

敘述故事和描寫人物，是中國古代小說的兩大基本功能，衡量一部小說的成功與否，主要看它的故事敘述是否曲折生動，人物描寫是否形象逼真。《三國志通俗演義》獲得成功的祕訣之一，就在於它塑造出了眾多栩栩如生的人物形象。小說中描寫了大小數百個人物，其中至少數十個人物寫得較為生動，尤其是曹操、諸葛亮、劉備、張飛、關羽、周瑜、魯肅、呂布、司馬懿等人物，寫得最生動。清初毛宗崗對《三國演義》的人物塑造十分推崇，他在〈讀三國志法〉中指出：「吾以為三國有三奇，可稱三絕；諸葛孔明一絕也，關雲長一絕也，曹操亦一絕也。」認為《三國演義》把諸葛亮、關羽、曹操三個人物寫絕了，寫奇了，寫得無以復加了。諸葛亮是「古今來賢相中第一奇人」，關羽是「古今來名將中第一奇人」，曹操則是「古今來奸雄中第一奇人」。根據毛宗崗的說法，我們可以把諸葛亮、關羽、曹操三人稱為《三國志通俗演義》的「人物三絕」。

在《三國志通俗演義》中，諸葛亮是賢相、軍師合而為一的人物。作為蜀漢的丞相，他先是輔佐劉備，後是輔佐劉禪，為了復興劉氏的天下，忠心耿耿，真正是做到了鞠躬盡瘁，死而後已。諸葛亮之所以對劉備父子如此忠心，主要是因為他感激劉備的知遇之恩。劉備禮賢下士，不惜屈身，三顧茅廬，請他出山。自從諸葛亮答應出山，為劉備效力的那天起，他已經將自己的一生交付與劉備了。正如他在〈前出師表〉中所說的，他是「受命於敗軍之際，奉命於危難之間」，為了劉備的大業，幾十年如一日，盡心盡力。可以這麼說，沒有諸葛亮就沒有蜀漢的事業。特別是諸葛亮雖然為劉備的大業作出了巨大的貢獻，但他從不居功自傲，始終謙虛謹慎，兢兢業業。從這一方面看，稱諸葛亮是古代賢相的典型，是不過分的。

儘管如此，當人們讀過《三國志通俗演義》之後，對諸葛亮印象最深的，還不是他的忠，而是他作為第一流的軍師，所表現出來的超人的智慧和才能，是他足智多謀，運籌帷幄之中，決勝千里之外的神機妙算，是他臨危不懼、指揮若定的風度，是他知己知彼、百戰百勝的軍事天賦，等等。諸葛亮作為一個小說人物，依然受到歷代讀者的敬仰和喜愛，這足以看出羅貫中塑造的諸葛亮的形象，具有極大的藝術魅力。

《三國志通俗演義》中的關羽是義勇的典範，在他身上，體現出來的一是勇，二是義。先說其勇，關羽勇冠三軍，在《三國志通俗演義》中除呂布之外，無人可敵。他斬顏良、誅文醜，溫酒斬華雄，過五關斬六將，單刀赴會，盡顯英雄本色。關羽之勇與張飛之猛有明顯的區別，張飛之猛，於勇敢無畏中顯莽撞；關羽之勇，則於剛毅勇武之中見沉著，露機智。魯肅為要荊州，邀關羽赴江東，中藏禍機。關羽明知山有虎，偏向虎山行，單刀赴會，周密安排，終於使魯肅的陰謀破產，顯出他的大智大勇。關羽之義，義薄雲天，他重承諾，貴情誼，秉大節，正如毛宗崗所說的「做事如青天白日，待人如霽月風光」。從他的形貌看，他生得「身長九尺三寸，髯長一尺八寸，面如重棗，唇若抹朱，丹鳳眼，臥蠶眉，相貌堂堂，威風凜凜」。且不說他的魁梧身材，只看他那飄灑胸前的長鬚，就顯得極其儒雅風流，因此又有「美髯公」的稱譽。何況還有他那赤面如赤心的表裡如一，君子坦蕩蕩的闊大胸懷，以致在明清以來的中國戲曲舞臺上，紅面長髯成為關羽的獨特形象，也成為忠義君子的獨特表徵。自桃園三結義之後，關羽與劉備、張飛結下生死之誼，對大哥劉備尤其盡心盡忠。曹操大敗劉備，將關羽圍困土山，派人勸說關羽投降。關羽為了保全劉備的兩位夫人，答應暫時歸降，但提了三個條件：第一，降漢不降曹；第二，要曹操供給劉備俸祿，奉養劉備的夫人；第三，只要知道了劉備的去向，就去尋找劉備。曹操答應了關羽的條件，並以厚禮優待他。關羽雖然感激曹操的恩德，最後得知劉備的下落，毅然護衛著劉備的夫人，千里獨行，投奔劉備，遵守了與劉備的兄弟大義。後來關羽為報曹操的恩德，在華容道上放走了曹操，承諾了對曹操的義氣。羅貫中對關羽的這類忠義行為大唱讚歌，甚至在關羽死後讓他成神顯聖。關羽的「忠義」，在清代受到最高統治者的推崇與提倡，甚至被授以「關聖帝君」的顯赫封號，從此，關羽的形象在社會上越來越高大，以致關帝廟在中國的城鄉隨處可見。關羽之所以獲得如此高的優遇，應該歸功於羅貫中的創造。

曹操是奸雄的典型，許劭給他下的評語是「治世之能臣，亂世之奸雄」。說明無論是治世還是亂世，曹操都是一個有所作為的特殊人才，而他生逢亂世，這就為他發揮「奸雄」之才提供了用武之地。漢末天下大亂，群雄並起，曹操奮起其中，討董卓，伐袁術，滅袁紹，挾天子以令諸侯，與吳蜀爭奪天下，奠定了統一天下的大業。沒有雄才大略，焉能至此？他知人善任，選賢任能，在他的手下，聚集了大批的文臣謀士與武將精兵。他精通用兵之道，常常能以少勝多，轉敗為勝，馬陵山中破呂布，官渡之戰敗袁紹，顯示出他的軍事才能。

他愛才而不殺陳琳，不追殺關羽而放其回歸劉備，說明他曉知大義。《三國志通俗演義》中的曹操是一個複雜的形象，在他身上既有「奸」的一面，也有「雄」的一面，他不是中國傳統戲曲舞臺上那種類似於小丑的花臉奸臣，而是一個智足以欺天下，才足以定乾坤的「奸雄」。

總之，羅貫中在《三國志通俗演義》中所塑造的諸葛亮、關羽、曹操這三個人物形象，代表了智者、義士和奸雄這三種類型，成為中國文學史上不朽的藝術典型，稱他們為「三絕」，並非虛譽。

人在江湖，說不盡的「水滸」

《水滸傳》早期的本子都題為《忠義水滸傳》，這就很明顯地展示了施耐庵創作這部小說的意圖，他是推崇忠義的。事實上也正是這樣，整部作品中作家都在極力突出「忠」和「義」，可以說表現「忠」、「義」是《水滸傳》的重要主題。

施耐庵在創作《水滸傳》的時候，還另外給它起了個名字，叫《江湖豪客傳》。這個名字倒也合情合理，《水滸傳》也確實講述了眾多江湖好漢的故事。梁山眾英雄在未受朝廷招安之前，都是叱吒江湖的英雄豪傑。他們大致可分為兩大類：一類是從小混跡江湖的好漢，像武松、石秀等人；另一類是半路出家，由於種種原因才被迫遊走江湖的豪傑，如宋江、魯智深等人。

無論是誰，要想在江湖上站住腳，非得講義氣不可。因為「在家靠父母，出門靠朋友」，離了朋友去闖蕩江湖，可以說是寸步難行，所以江湖人大都重義，這在梁山好漢身上體現得相當明顯。「義」的內涵頗廣，表現形式也多種多樣，主要的莫過於「為朋友兩肋插刀」、「路見不平，拔刀相助」、「仗義疏財」等幾種形式。我們下面就梁山好漢身上所體現的「義」剖析一下。

在第二類英雄好漢中，還可以按出身階層的不同分為好多類，比如宋江、魯智深等人是下層小官吏出身，他們的處境比那些平民百姓強不了多少；而林沖、呼延灼、關勝、秦明等人是高級軍官，柴進是擁有先皇丹書鐵券的富貴「閒人」，盧俊義等是家資頗豐的大地主，他們原先的生活環境和物質條件，不知比那些從小流落江湖的好漢強出多少倍。因此，這些高級軍官、大地主等身份的人，他們身上也有義，但體現得不甚明顯。施耐庵之所以在他們身上花去不少筆墨，更主要的原因恐怕是為了突出作品中「官逼民反」這個主題。像林沖，他本來有著賢惠的妻子、漂亮的侍妾、高級的地位，生活頗安適。因此在高衙內調戲他的妻子時，他忍而不發，他從內心說是不願意放棄眼前的美好生活的。但統治者並不放過他，設下計謀，讓他白虎堂獻刀獲罪，而後刺配滄州道、火燒草料場，終於將甘心忍辱偷安的林沖逼上梁山。他在晁蓋等人上梁山後，火拼王倫，其實也不見有多少義，發洩怨憤的成分還是居多的，因為王倫在他上山時刁難過他。再如楊志是因為失陷生辰綱才上二龍山落草為寇的，呼延灼、關勝、秦明等人本是梁山寨的降將，善使鉤鐮槍的徐寧是被梁山好漢賺上山的，盧俊義是梁山好漢從法場上救下的。他們多因沒有退路才入夥的，他們身上的「義」就相對淡薄，因此我們對他們不做太多的分析。

梁山好漢中最能體現江湖義氣的是第一類好漢和第二類中的宋江、魯智深等人。

像第一類好漢中的石秀，「為朋友兩肋插刀」的兄弟義氣在他身上體現得很明顯。楊雄「去市心裡決刑了回來」，他得到的賞賜在途中差點兒被張保搶走。石秀「路見不平」，上去助架，才與楊雄相識，並因意氣相投義結金蘭。石秀本是江湖流落人，認了哥哥分外親熱，就住在楊雄家中，才得以識破楊雄之妻潘巧雲與和尚裴如海的姦情。按說，石秀只是楊雄的朋友、結義兄弟，看到了這種事告知楊雄也就盡了兄弟之情了。可他不，他不能忍受楊雄受辱。在他告訴楊雄實情反遭潘巧雲誣陷後，他智殺裴如海，使楊雄從婦人的迷惑中醒悟，兄弟二人終於共赴梁山。再如武松：武松殺了西門慶和潘金蓮，被刺配到孟州牢城，得交施恩這個朋友。當他得知施恩被蔣門神奪了快活林後，他便要去替施恩報仇。未去之前還交代明白：「拳頭重時打死了，我自償命！」為了朋友，命都可以不要，這就是朋友義氣！不單第一類好漢有這般義氣，第二類好漢中也有，像魯智深。魯智深與林沖相交時間並不長，但義氣深重。他為了防止解差在押送林沖到滄州的途中暗算林沖，捨下看菜園的清閒生活，主動陪林沖他們走了一遭。也多虧了魯智深的暗中保護，否則在黑松林中，林沖早被解差殺了。但是在魯智深身上表現最突出的恐怕還是「路見不平，拔刀相助」。

魯智深還在做提轄時，偶遇賣唱的金翠蓮。魯智深並不認識金翠蓮，卻被她的不幸遭遇打動，挺身而出，放走金氏父母，又三拳打死惡霸鎮關西。為了不吃人命官司，他只好遊走江湖。後來他在金翠蓮的丈夫趙員外推薦下做了和尚。做和尚的本應六根清淨，而他卻本性難改。在他往東京大相國寺去的途中，路過桃花村，恰逢小霸王周通要強娶劉太公的女兒為妻，魯智深見了如此不平之事，忍不住又要出頭，把周通揍了一頓。這些都是俗事，火燒瓦罐寺卻是他佛門中的事了。崔道成和丘小乙強占瓦罐寺，在裡面胡作非為，把寺中原先的老和尚餓得面黃肌瘦，連魯智深「喝一聲」，嚇得那和尚趕忙「搖手道：『不要高聲。』」他是怕崔道成他們聽見後來找麻煩呢。崔道成、丘小乙氣焰如此囂張，難怪魯智深要去興問「廢寺」之罪呢，結果引出一場惡鬥，瓦罐寺化為一堆瓦礫灰燼。

「義」的這兩種表現固然受到大家的稱讚和敬仰，但是江湖好漢最喜歡也最推崇的莫過於「仗義疏財」了。這是有一定的社會原因的。江湖好漢們在江湖行事，他們依據的原則多是意氣和道德，而不是朝廷律條。他們所管的事，多是朝廷官府不管或管不上的事。如高衙內多次淩辱婦女，被稱為「花花太歲」，然而他始終逍遙法外，這是官府不管的；而小霸王周通強娶劉太公的女兒為妻，卻是官府管不著的。遇到這些不平的事，好漢們就出手了，有些手略重些，像魯智深只打了鎮關西三拳，卻把他打死了，這樣就難免受到官府緝拿，他們只好亡命江湖。這時，「仗義疏財」的朋友就派上用場了，或躲避在他們那裡，或拿上錢財遠走高飛。他們好像那些惹下很大麻煩的江湖好漢的保護神。

柴進就是「仗義疏財」的典型，過往好漢都要到他的莊上歇歇腳，取些盤纏。再如宋江對投奔他的人是很看重的，「終日追陪，並無厭倦」。宋江本是「刀筆小吏」出身，只因怒殺閻婆惜，之後又在潯陽樓上吟反詩，差點兒掉了腦袋，才被迫上了梁山。他在做押司期間，也曾冒了性命危險去給劫了生辰綱的晁蓋他們送信，讓他們逃走。這種行為就很令人敬佩。更兼宋江還是個出了名的大孝子。花榮反了清風寨，又會齊了秦明、黃信、呂方、郭盛，在宋江帶領下要上梁山入夥。這時石勇傳來宋太公病亡的假書信，宋江就不顧一切地要回家祭父了。在這之前，宋江曾讓宋太公到縣裡告他「忤逆」，「出了他籍」，這其實也是為防止拖累宋太公的保全之計。江湖人也是比較看重孝的，對待自己生身父母都不好，何況外人？

「義」使江湖好漢感到安全和溫暖，同時，也使江湖好漢由個體走向聯合。在當時官府的黑暗統治和逼迫下，江湖好漢紛紛奔赴梁山，匯成一股堅不可摧的力量。眾英雄在梁山寨中，大碗喝酒，大塊吃肉，豪氣四溢。大家不分尊卑、貴賤，一律平等，高官與小吏平坐，官差與囚犯共席，郎舅同喜，主奴同樂，真是逍遙自在，快樂無比。但正是聚會到梁山以後，梁山好漢的江湖義氣發生了很大變化，行俠仗義的行為明顯地少了。雖然他們也曾有過大的舉動，但多是從整個山寨利益出發。像三打祝家莊，那是因為祝朝奉等人欺眾英雄為寇，要與梁山為敵；打曾頭市是因為曾家五虎搶了段景住本想獻給宋江的照夜玉獅子馬。雖也是打擊惡霸地主，但性質已變了。究其原因，是宋江為代表的「忠君」思想把梁山眾英雄原有的「義」消磨殆盡，直至消失。

梁山英雄終日想招安，然而，招安給他們帶來了什麼呢？他們剛受招安，就被派去破遼。行軍初始，宋江在陳橋驛「滴淚斬小卒」，就已經暗示梁山眾英雄悲劇的開始。他們被作為朝廷的槍手，東征西殺，富貴沒見撈到多少，眾英雄卻死傷殆盡。直到宋江被鴆殺，葬於蓼兒窪，一場轟轟烈烈的農民大起義在一片哀歌聲中走向滅亡，一齣悲劇終於降下了帷幕。

「忠」和「義」本是難以調和的。作者卻試圖將二者調和在一起，既歌頌梁山好漢的義，又要肯定他們的忠，但梁山好漢忠於朝廷的結果是導致了梁山事業的失敗和他們的悲慘結局，這種悲劇性是發人深思的。《水滸傳》作為描寫江湖好漢的優秀巨著，對後世的武俠小說有很大影響。比如武俠小說中最為普遍的江湖俠客聯合起來、與武林敗類決鬥的文章構架，恰和梁山眾英雄匯集與官府作對相似。不同的是，梁山眾英雄不但有根據地，而且組織性很強，但在表現江湖義氣方面它們有共同之處。

理性的宋江與天真的李逵

在《水滸傳》所寫的眾多梁山好漢中，有兩個人物值得注意，一個是梁山的首領宋江，另一個是梁山的猛將李逵。兩個人代表了兩種人物類型，宋江的性格溫厚和平，儼然是一個藹然長者，李逵的性格粗魯天真，活像一個未成年的孩童，兩人雖然性格差異很大，關係卻分外密切。他們之間相輔相成，相襯相映，形成鮮明的對比，如果仔細品味，其中還隱含著某些人生哲理。

從兩人的外貌特徵看，宋江雖面黑個子矮，卻顯得氣質儒雅，氣宇恢弘，小說這樣描寫道：「眼如丹鳳，眉似臥蠶。滴溜溜兩耳懸珠，明皎皎雙睛點漆。唇方口正，髭鬚地閣輕盈；額闊頂平，皮肉天倉飽滿……志氣軒昂，胸襟秀麗。」

從這段外貌描寫可以看出宋江是一個胸有大志，有文化教養的君子，於儒雅中顯出莊嚴與肅穆。李逵則生得是一個「黑凜凜大漢」、「不搽煤墨渾身黑，似著朱砂兩眼紅。閒向溪邊磨巨斧，悶來岩畔斲喬松。力如牛猛堅如鐵，撼地搖天黑旋風」。一副粗野兇猛的樣子，帶著一股質樸原始的野味，顯然是沒有受過文化教育的人。從他們的出身看，宋江出身太公之家，母親早亡，自幼在父親的管教下成長。在封建社會中，父親是家長，是家庭中的權威，代表著威儀與尊嚴。宋江在父親的教育下成為一個守規矩，懂禮法，知忠知孝的彬彬君子。李逵則來自荒山野村，窮鄉僻壤，家境貧寒，父親早亡，自幼跟母親長大。在孩子的心目中，母親代表著溫情與慈愛，意味著對孩子的驕縱與放任。李逵從小失去父親的管教，養成了他自由任性，野蠻粗莽的性格，使他從不知禮法為何物。

從兩人的經歷看，宋江出身下層官吏，刀筆純熟，吏道精通，熟知人情世故，深知江湖義氣，為人仗義疏財，專好結交天下好漢，人稱他為「及時雨」。宋江無論是混跡官場，還是浪跡江湖，都能隨遇而安，如魚得水。李逵呢，出身草野，因為在家鄉殺了人逃了出來，闖蕩江湖，做過小牢子，經常醉酒鬧事，需要戴宗的庇護。他對人情世道可以說是一竅不通，不論是在江州城還是在江湖中，都難以適應。宋江的性格很善於隨順環境和適應社會，而李逵的性格常常與環境和社會相衝突。

梁山好漢闖蕩江湖，大都是憑著一身武藝，在梁山的一百零八位好漢中，若論武功，除了蕭讓等幾個文人外，恐怕要數宋江最差，可宋江偏偏能夠領導群雄，做了梁山泊的寨主。那麼，宋江闖蕩江湖領導群雄靠的是什麼呢？不是武功的高超，而是德行的高尚。小說在宋江出場時介紹他「於家大孝，為人仗義疏財，人皆稱他做孝義黑三郎」。說明宋江的德性中以孝和義為主，正是憑著孝、義的德行，宋江才折服了群雄，使天下的英雄好漢聽說了他的名字，就心嚮往之，見了他的面，就納頭便拜。中國古代有兩句諺語說：「萬惡淫為首，百善孝為先。」可知中國人將孝視為德行之首，宋江的孝在小說中多有描寫，他知道自己在官做吏最難，如果犯了罪就會抄家連累家人，於是他就故意讓父親到縣裡告他忤逆不孝，出了戶籍，與父親分居，這樣就可以不連累父親，可見他的用心良苦，這種用心正是出於孝心。殺了閻婆惜走上江湖之後，他念念不忘在家的父親，花榮大鬧清風寨後，他們一起投奔梁山，眼看到了梁山，他接到一封父親已死的假信，便大哭著立即放棄上梁山的念頭，奔回家中，結果被官府抓去，發配江州，等到梁山好漢劫了法場，把他請上梁山，他想起的第一件事便是搬取父親上山快活，足見他的孝子之心。關於宋江的義，小說說他：「平生只好結識江湖上好漢，但有人來投奔他的若高若低，無有不納，便留在莊上館谷，終日追陪，並無厭倦；若要起身，盡力資助，端的是揮霍，視金如土。人問他求錢物，亦不推託；且好方便，每每排難解紛，只是周全人性命。如常散施棺材藥餌，濟人貧苦，賙人之急，解人之困，以此山東、河北聞名，都稱他做『及時雨』」。他冒危險為晁蓋報信，鄆城縣救助王公，甚至在清風山上釋放劉高的夫人等，都是義的體現。在中國古代的道德中，孝和忠是密不可分的，在家為孝子，做官為忠臣，這才算是道德高尚。在宋江身上除了孝和義之外，還具有忠的品質，他雖然是一個小吏出身，卻時刻想著報效君主，即使是人在江湖，他仍是心繫朝廷。武松要上二龍山落草，他勸武松顧惜前程，要武松勸化魯智深、楊志投降朝廷，為國盡忠，並說：「我自百無一能，雖有忠心，不能得進步。」上了梁山，他念念不忘的是招安，最終帶領著梁山的人馬投降了朝廷，直到最後他飲了奸臣的毒酒，明知朝廷昏庸無能，仍然抱著「寧可朝廷負我，我忠心不負朝廷」的信念死去。更有甚者為了怕李逵反叛朝廷，壞了自己的忠義之名，竟拉李逵一起去死，他真可說是宋朝的忠臣了，他對朝廷的忠已經到了「愚忠」的地步。由此可以看出，宋江是一個孝、義、忠兼全的人物，他是封建社會中忠孝道德的代表，在他身上體現的是一種道德為上的理性精神。

李逵性格粗野，頭腦簡單，何況他又是「天殺星」，有些嗜殺成性，正像小說中對他的評價「殺人放火恣行兇」。李逵的為人直接簡單，心裡怎麼想，口裡就怎麼說，他沒有細緻的情感，缺乏深謀遠慮的心機，更不懂得什麼叫三思而後行，他的行為準則是「前打後商量」。每當衝鋒陷陣，殺人放火，他總是板斧一揮，大吼一聲，赤膊向前，不顧性命。當他性子起時，難免不顧一切地亂殺人，例如在江州劫法場，他只顧殺得痛快，「一斧一個，排頭砍去」，使不少無辜者死於他的斧下。在四柳莊狄太公莊上「捉鬼」，他不分是非，把狄太公的女兒與情人殺死。李逵的粗野來自他的天真無邪，野得自然無矯飾，金聖嘆評《水滸》最讚賞李逵，稱「李逵是上上人物，寫得真是一片天真爛漫到底」。所謂「天真爛漫」就是出自童心，這就是說李逵的野性是基於他的赤子之心。關於這一點，另一位《水滸》批評者懷林也看到了，他在《水滸述林》中說：「李逵者，梁山泊第一尊活佛也，為善為惡，彼俱無意……無成心也，無執念也。」這些話確實道出了李逵性格的真諦，李逵做事無論是為善為惡，都是無意而為，任心而發的，沒有絲毫的成念，「成心」和「執念」都是出自深通世故的成人之心，天真的童心則與此絕緣，李逵的可愛之處就在於他的野性始終出於天真的童心。比如他初次見宋江，劈頭便問：「這黑漢子是誰？」全無一點禮貌，戴宗批評他粗魯，他卻認真地說：「我問大哥，怎地是粗魯？」身為粗魯人而不知粗魯為何物，這就是李逵的天真。後來他陪宋江吃魚，他「並不使箸，便把手去碗裡撈起魚來，和骨頭都嚼吃了」。吃完自己碗裏的魚，又伸手去宋江碗裡撈魚吃。他受自己食欲本能的驅使，不顧體面禮節，這種行為與兒童沒有多少區別。在李逵的渾樸未鑿、天真可愛的性格中，最突出的是他的蔑視禮法，疾惡如仇，反抗權威。李逵最崇拜的人物是宋江，但是一旦當他認為宋江所做的事不正時，他依然不肯放過。《水滸傳》第七十三回寫李逵誤以為宋江搶了人家的女兒，就直奔忠義堂，拔出大斧，把「替天行道」的杏黃旗砍倒，然後又要去砍宋江。天真與邪惡難以相容，在李逵的眼中是容不得任何邪惡與偽善的，即使是他最崇拜的大哥也不能放過。再比如宋江整日不忘招安，李逵則反對招安，他曾說，宋朝的皇帝姓宋，宋江大哥也姓宋，同樣姓宋，宋大哥也可以做皇帝。他動不動就高喊：「殺去東京，奪了鳥位！」一次宴會上，宋江讓樂和唱了一支自己寫詞的「招安曲」，李逵聽了十分氣憤，大叫道：「招安，招安，招甚鳥安！」一腳把桌子踢翻。從這裡可以看出，在李逵這個血性漢子的性格中，湧動著一股反叛權威和秩序的熱情。

從上面的分析不難看出，宋江重德行，李逵重自我；宋江講禮法，李逵輕禮法；宋江遵從社會秩序，李逵反抗社會秩序；宋江代表的是理性精神，李逵代表的是感性的天真，兩人的性格恰恰相反。但從小說描寫中我們還看出，就個人的感情來說，宋江和李逵之間的感情最深，宋江像大哥關愛小弟一樣關愛李逵，雖然李逵幾次犯錯誤惹惱了他，但他對李逵的錯誤卻格外寬容。同樣，李逵對宋江也分外敬重，甚至到了盲目崇拜的地步，他處處維護宋江的威信與地位，比如宋江要把梁山的第一把交椅讓給盧俊義時，李逵氣得當眾大嚷道：「哥哥若讓別人做山寨之主，我便殺將起來。」他從心底裡敬畏宋江，為了宋江他什麼都敢去做，甚至願為宋江去死，他說：「哥哥剮我也不怨，殺我也不恨。除了他，天也不怕！」最後他真的陪宋江一起死去。宋江與李逵、理性與天真之間既對立又統一，既衝突又互補的關係，不僅體現出兩種性格的調和，也體現出中國文化立足中庸、講求和諧的精神。

《剪燈夜話》：步唐代傳奇風韻

我國的文言短篇小說，以唐傳奇最為興盛，此後便漸趨衰落，宋元時期雖有不少作品，但成就不高。到了明代，文言短篇小說又逐漸復興，成為較有影響的一個文學支派，而真正能夠步武唐傳奇風韻的，是瞿佑的《剪燈新話》、李昌祺的《剪燈餘話》和邵景詹的《覓燈因話》這三部文言短篇小說集。

瞿佑（一三四一－一四七二年），字宗吉，號存齋，祖籍江蘇淮安，後移居浙江杭州。瞿佑少年時就以能詩善文而遠近聞名，相傳十四歲時，他父親的好友張彥復由福建來訪，他恰好放學回家，張彥復要試他才學，就以酒席桌上的雞為題，叫他賦詩一首。他即席吟出〈七絕〉，而且四句詩中每句都有一個關於雞的典故，抒發了知己相逢、情深義重的情懷。張彥復擊節稱賞，親自為他畫出桂花一枝，並題詩：「瞿君有子早能詩，風采英英蘭玉姿。天上麒麟原有種，料應高折廣寒枝。」說他少年英銳，才華橫溢，將來必定能蟾宮折桂，金榜題名。瞿佑的父親很是得意，為此專門建造了一座「傳桂堂」，以紀念張彥復畫桂之贈，兼寓望子攀桂之意。

當時的著名文學家楊維楨與瞿家是世交，有一天走訪傳桂堂，見瞿佑所作的詩文思維敏捷，雋語疊出，楊維楨大加嘆賞，稱讚說：「此君家千里駒也！」自此，瞿佑聲名遠播。但他雖然多才多藝，卻一生坎坷，仕途並不順利，只做過一些小官。甚至還一度因詩獲罪被流放，十年後才得放歸。

回鄉後，瞿佑便致力於小說創作。他將耳聞目睹的古今遠近之事，記錄下來，匯總成冊，共四卷，「其事皆可喜可悲、可驚可怪者」。他蒐奇獵異，創作「新話」的目的，並不是僅僅作為茶餘飯後的談資，而是為了勸善懲惡、哀窮悼屈，使世風淳化，人心向善。所以，田汝成在〈西湖遊覽誌餘〉中說，瞿佑的作品，至今「照耀文苑」，可見他在明代是一位很有影響的作家。

《剪燈新話》共四卷，收文言短篇小說二十一篇，內容多是借煙粉靈怪故事，寄寓作者對社會人生、對愛情婚姻的見解，揭露時弊，抨擊黑暗現實，懲治邪惡，表彰忠烈。

瞿佑生逢亂世，由元入明，對戰爭給人民帶來的災禍有深刻描繪。元末張士誠與朱元璋互相攻伐，造成淮河沿岸三十多萬百姓在戰亂中喪生。戰亂過後，千里之內沒有村莊人煙，黃沙白骨，一望無際，傍晚時候，愁雲四起，陰風驟至，群屍環起，景象可怖。（〈太虛司法傳〉）戰爭還使得千百萬人民流離失所，妻離子散。〈秋香亭記〉中寫商生與楊采采，本是一對熱烈摯戀的有情人，戰亂將他們生生拆散，使他們天各一方，含恨終身。作品明確道出：「好因緣是惡因緣，只怨干戈不怨天。」正因為作者極端厭惡戰爭，所以便想超越現實，以追求「桃花源」式的理想生活。（〈天臺訪隱錄〉）作者還試圖剖析戰亂的原因：有才的賢能者槁死蒿下，沒有才能的人比肩接踵顯揚於世，所以太平之日常少，禍亂之日常多（〈修文舍人傳〉）。為此，小說對禍國殃民的權奸佞臣大加撻伐，對醜惡的社會世情予以無情揭露。如〈天臺訪隱錄〉敘南宋末年，元軍兵臨城下，百姓易子而食，析骨而炊，國家亡在旦夕。賈似道、謝堂等宰輔權臣仍醉生夢死，窮奢極欲，揮霍無度。四處尋找名勝之地營建私宅，用水晶做門簾；夜宴賓客，用夜明珠照明；為寵愛的戲子，不惜千金買笑，而對忠臣良將和無辜百姓卻肆意殘殺。〈三山福地志〉將他們直斥為「多殺鬼王」，而把那些賄賂公行、貪得無厭者稱為「無厭鬼王」。

《新話》中有關愛情婚姻方面的小說，數量最多，描寫也更為細膩，富有文采，具有較高的藝術成就。如〈翠翠傳〉寫男女雙方只重人才，不講貴賤貧富，這就與舊的婚姻觀判然有別。〈聯芳樓記〉寫雙方父母尊重兒女們的自主選擇，對包辦婚姻有著強烈的衝擊作用。

〈金鳳釵記〉寫元代揚州富家吳興娘，自幼許婚崔興哥，崔家用一只金鳳釵作為聘物。其後，兩家天各一方，十五年音信不通。興娘思念興哥，一病而亡，金鳳釵隨身陪葬。興娘死後兩月，崔生尋親而至，知興娘已死，百無聊賴，無處投靠，只得權且住在岳父家。一日，時值清明，吳家上墳掃墓，興娘有妹名叫慶娘，已十七歲，也一同前去。只留崔生在家看守。天色已晚，掃墓歸來，崔生到門前迎接。轎子過後，有物墮地，鏗然作響，崔生拾起一看，是一只金鳳釵。便帶回房中，將要就寢，忽聽有敲門聲。崔生開門，見有一美貌女子站在門外自言是興娘之妹慶娘，尋找金鳳釵。進屋，遂與生媾歡。此後，朝回暮來一月有餘，無人知曉。一天晚上，女與崔生商定私奔丹陽，依崔家老僕金榮而居。將近一年，女思念父母，便與崔生一同返回揚州。將及家門，女推故不前，卻讓崔生攜金鳳釵一隻，先去謝罪。崔生見到岳父將前事述說一遍，請求寬恕。岳父大驚道：「慶娘臥病在床近一年，哪會有這種事？」崔生見岳父不承認，便拿出金鳳釵作為執證。岳父更加驚訝，說：「這是興娘死時的殉葬品，怎麼到你手裡？」這時，興娘亡魂附到慶娘身上，走到父母面前，將事情說明。原來，興娘死後，冥司憐其無罪，給假一年以了結塵世姻緣。故詭稱慶娘，使崔生不疑。並要求父母將慶娘許嫁崔生，否則慶娘之病將不癒。父母答應後，慶娘倒地而死，急用湯藥救醒，問她以前事情，一毫不知。崔生與慶娘婚後，將金鳳釵賣掉，得錢全部用來買香燭紙馬，以追薦興娘亡魂。從此，合家安寧。

這篇小說情節曲折，奇突幻變，引人入勝。明末凌濛初曾將此篇改寫成話本，收入「二拍」，題目是〈大姊魂遊完宿願，小妹病起續前緣〉。明代沈璟也曾把這個故事譜寫成戲曲《墜釵記》。

〈綠衣人傳〉寫元延祐年間，書生趙源到杭州遊學，寓居西湖葛嶺原賈似道舊宅。一日，倚門而望，見一十五六歲的女子，身著綠衣，容貌豔麗，自東向西而來，趙源眉目顧盼，戀戀不捨。明日復來，與趙生言來語去，俱各有情，夜晚與生同宿，備極歡洽。如此，一月有餘，情深意密。趙源問她姓名住址，均不告訴，只說：「稱我為綠衣人就行！」趙源懷疑她是某個豪富之家的婢妾，私奔而來，便以詩戲謔。女顏色慘沮，說出實情。自言本是宋末賈似道的侍女，精於下棋，十五歲時被賈似道搶入府中作棋童，備受寵愛。趙源前世是賈似道家男僕，少年美貌，二人一見鍾情，互贈禮品，但賈府內外防護嚴密，無法聯絡。後為賈似道察覺，將二人溺死於西湖斷橋下。趙源再世為人，女仍隸鬼籍，因前緣未盡，所以來此相會。趙源聽了這一番話，十分動情，說道：「你我既然是再世姻緣，應當更加親愛，以償還前世夙願。」此後，二人更加恩愛。烹茗弈棋，其樂融融。女曾言：一天，賈似道率妻妾登樓遠眺，看到兩個書生乘船登岸，一妾脫口而出：「這兩個少年真英俊！」賈似道說：「既然你覺得他漂亮，就讓你嫁他吧。」不一會兒，便令人將該妾的人頭砍下，放到盤盒中，傳示眾妾，眾人皆不寒而慄。又有一次，某太學生寫詩嘲諷賈似道擅賣私鹽，被逮捕下獄……後來，賈似道被貶漳州，在木棉庵中被鄭虎臣殺死，人心大快。

後來，趙源與綠衣人三年夫妻之情已盡，綠衣女溘然長逝。趙源哀痛欲絕，感女恩情，終身不復再娶，遂投杭州靈隱寺出家做和尚去了。

作品深刻揭露了賈似道驕橫縱恣、草菅人命的罪行，「一念之私，俱遭慘禍」，令人觸目驚心。小說還熱情歌頌了男女雙方「海枯石爛，地老天荒，此情不泯」的人間至情，真切動人。明代周朝俊曾據此寫成戲曲《紅梅記》。

〈愛卿傳〉寫嘉興名妓羅愛愛色藝雙全，獨步一時，而且文思敏捷，工於詩詞，因此，備受人們敬慕，稱為愛卿。愛卿從良嫁給同鄉趙生，夫婦恩愛，事母勤謹。愛卿以賢孝聞名鄉里。後值元末戰亂，軍官劉萬戶見愛卿貌美，挾勢強娶，愛卿守身自縊，以死捍衛貞潔。

〈渭塘奇遇記〉寫元末金陵王生一次路遇酒家女，一見鍾情。夢中二人熱烈歡會，情深意密。一年後，終於成就夢中姻緣，夫婦白頭偕老。

這些作品都清新可喜，富有新的時代氣息，令人百讀不厭。

〈翠翠傳〉：亂世悲情生死恨

唐傳奇小說的流風餘韻，歷宋元而未已，至明初又稍稍振起，其復興的標誌便是瞿佑《剪燈新話》的出現。揭露元末明初黑暗現實，反映戰亂給人們造成的愛情婚姻悲劇，便成為《剪燈新話》的一個重要特色，而〈翠翠傳〉就是這方面的傑作。

〈翠翠傳〉寫元末淮安民家女劉翠翠，自幼聰明穎悟，酷愛讀書，於是父母就將她送到學舍，與鄰家子金定一起讀書學習。金定與翠翠同歲，人極聰俊。同學們見到他倆，常開玩笑說：「同歲者當為夫婦。」二人心中默許，遂私訂終身。翠翠長到十六歲時，父母為她提親，則悲泣不食，堅持非金定不嫁，並說：「若不相從，有死而已。」然而，劉家富裕而金家貧窮，門不當戶不對，但翠翠父母為了滿足女兒的要求，不計較貧富，毅然招金定為女婿，翠翠與金定從小青梅竹馬，同窗共讀，一雙兩好，終於好夢成真，新婚宴爾，自然恩愛情深，生活幸福美滿。但好景不長，未及一年，張士誠起兵高郵，攻陷沿淮各郡縣。戰亂中劉翠翠被張士誠的部將李將軍劫掠而去。金定辭別父母，單人獨自尋訪妻子的下落，發誓不見不回。金定風餐露宿，沿路乞討，費時七年，輾轉周折，歷盡千辛萬苦，終於到達湖州李將軍府上。此時，李將軍正受重用，威焰赫赫，對翠翠十分寵愛。金定謊稱尋妹，李將軍信之不疑，讓他與翠翠以兄妹之禮相見於廳堂上。李將軍是一武夫，不懂書札，便留金定在軍中作記室。金定本為尋妻而來，一見之後，便內外懸隔，再也不得會面，心中十分痛苦。一日乘秋涼換洗衣服之由，將寫好的情詩藏到布裘衣領內轉交給翠翠，翠翠見詩五內俱焚，吞聲飲泣，和詩一首，表示了以死相從的決心。金定更加悲傷，不久便抑鬱成疾，一病不起。翠翠聞聽金定病勢沉重，向李將軍請求，才獲准到金定床前看望一次。翠翠用手將金定輕輕扶起，金定回頭將翠翠看了一眼，淚流滿面，長嘆一聲，溘然長逝。翠翠強忍悲聲將金定安葬在道場山下，送殯歸來，夜裡得病，不求醫治，兩月而亡。李將軍根據翠翠的生前請求，將她埋葬在金定墳側。明洪武初年，劉家舊僕人經商路過湖州的道場山下，「見朱門華屋，槐柳掩映，翠翠與金定方憑肩而立」。二人將舊僕邀進家中，詢問父母安否及故鄉事，並託僕人捎信給父母。劉父見信後，非常高興，便同僕人來到道場山下，只見「荒煙野草，狐兔之跡交道」，惟兩座孤墳尚存。劉父夜宿墳側，夢中與翠翠、金定相見，「翠翠與金生拜跪於前，悲號宛轉」，具述始末，遂抱其父而大哭，劉父驚夢而醒，天明，以牲酒祭墳而歸。

這是一部震撼人心的愛情婚姻悲劇，悲劇的主要根源不是包辦婚姻，而是紛爭的亂世給人民造成的離別之苦和生死之恨。劉翠翠與金定由同學而相愛，雖然一富一貧，門戶不相當，但雙方父母對兒女的婚姻卻未作任何阻撓和干涉，劉父還很曠達，說：「婚姻論財，夷虜之道，吾知擇婿而已，不計其他。」選女婿只看重人品才學，而且充分尊重兒女們的自主選擇，這在以前的作品中是不多見的，反映了市民階層的新觀念。所以，翠翠與金定的結合是封建社會少有的美滿婚姻。元末兵荒馬亂，武夫弄權，爭戰不息，人民流離失所，活活拆散了翠翠與金定這一對恩愛夫妻。金定萬里尋妻，歷盡千難萬險，見到翠翠也不得相認，只好「相對悲咽而已」，卻不能措一辭。最終相繼而亡，含恨九泉。這就有力地暴露了戰爭給人們帶來的災難，歌頌了青年男女生死不渝的愛情。

這篇小說在人物形象的塑造方面也很有特色，作者主要採取略貌取神、求其神似的手法，重點描寫人物的思想言行，刻畫其細膩、深刻的內心活動，以突出人物的鮮明性格，而且故事情節的敘述也婉轉曲折，富於波瀾。如寫劉翠翠與金定從相愛到結合，十分幸福美滿。而戰亂陡起，一對恩愛夫妻勞燕分飛，天各一方。這樣就將愛情婚姻與社會動亂緊緊地聯結在一起，來揭示悲劇的深刻意義。金定歷盡艱險萬里尋妻的過程，更奇峰突轉，百折千回；而結尾寫二人飲恨九泉，魂魄托舊僕致書父母，淒婉動人，餘韻悠然。因此，整篇故事跌宕起伏，一波三折，引人入勝，具有很強的藝術感染力，即便與唐人傳奇中最優秀的篇章如〈任氏傳〉、〈李娃傳〉等相比，也毫不遜色。

《剪燈餘話》：未說完的奇事大觀

自瞿佑《剪燈新話》問世，起而效仿的首推李昌祺所著的《剪燈餘話》。

李昌祺（一三七六—一四五一年），名禎，字昌祺，江西吉安人。永樂二年（一四〇四年）進士，授翰林院庶吉士，參與編修《永樂大典》，以學識淵博為時人所倚重，擢升禮部郎中，外調做到廣西、河南布政使，為一方諸侯，位高權重。昌祺為官清廉，救災恤貧，抑制豪強，政績顯著。

李昌祺顯然是很佩服瞿佑的，他的《剪燈餘話》有意模仿《剪燈新話》，不但篇數相等，而且所寫的題材也很相近，只有一首歌行〈至正妓人行〉，是有意仿效白居易〈琵琶行〉的，還有列於卷五的一篇很長的傳奇文〈賈雲華還魂記〉，是《新話》所沒有的。而且他喜歡炫耀自己的才學，在作品中穿插進大量的詩詞，因此，《餘話》雖然和《新話》篇數相等，但字數卻超過一倍。

《剪燈餘話》多寫煙粉靈怪故事，藉以抒寫胸臆，而且「意皆有所指」。但像李昌祺這樣功業、道德、才情均值得稱道而又聲望很高的士大夫，就因為寫了《餘話》，粉飾閨情豔語，便被當時的衛道士視為白圭之玷，死後竟不得享祭於鄉賢祠，由此可見當時社會上對傳奇小說所持的偏見。

《剪燈餘話》多借古人之口而議論古今政事，如〈長安夜行錄〉寫洪武年間巫馬期仁遊宦，路遇唐開元間長安賣餅師夫婦的鬼魂，向他傾訴怨苦之情，揭露大唐盛世皇親國戚驕奢淫逸，荒淫無恥，殘害人民的罪行。〈何思明遊豐都錄〉寫宋代衢州儒士何思明因譏謗仙、佛，指斥鬼神而被捉到地獄遊歷的故事。作品雖然意在宣揚善惡輪迴、因果報應思想，但對黑暗的社會現實也表現了深惡痛絕之情。何思明遊歷地獄，親眼目睹了陰曹地府對邪惡之徒的嚴厲懲處：對不忠不義之人，鬼卒拿著燒紅的鐵條穿入這些人的眼中，並將他們吊綁起來，「如懸槁魚」。對虐害良民者，則用刀割開身體，澆以熱醋，反覆十余次方才停止。對那些貪贓枉法之徒，使夜叉生割其肉，以飼餓鬼，直至僅剩筋骨而後已。對人世間所謂的

「清要之官」，「欺世盜名，瞞人利己之徒」，則用鐵蛇銅犬，吸其血髓，使其欲死不能，要生不得，「叫苦之聲動地」。由此可見作者對「贓濫」貪官和以權謀私者的痛恨。在〈兩川都轄院志〉中，作者藉兩川都轄院主吉復卿之口指出為官之道的「廉、恕兩字元」，即自身要清正廉潔，對百姓要善加體恤，寬厚仁慈。這大概是作者為官的信條和切身體會。

《剪燈餘話》中所占比重最大，成就最高的仍然是愛情故事。〈鸞鸞傳〉寫山東東平趙舉的女兒趙鸞鸞「長而體香」、「有才貌，喜文詞」，許嫁近鄰之子柳穎。柳家遇事，家道中落，趙家悔親，改嫁繆氏，鸞鸞見志不得遂，鬱鬱寡歡，整日悲吟愁坐。不久，繆生死，柳穎亦喪偶。柳生遣媒婆王媽復申前盟，一對有情人得以結合。鸞鸞既嫁，孝敬公婆，友愛鄉鄰，憐孤恤寡，殷勤持家。與丈夫柳穎更是情投意合，恩愛有加，品詩論詞，吟詠性情。鸞鸞詩才超絕，丈夫柳穎都自愧不如，服其精妙。

元末戰亂紛起，劉福通的部將田豐攻破東平，柳穎與趙鸞鸞失散，不知所在。柳穎衝鋒冒刃，四處尋找鸞鸞，皆不可得。後聽女道觀的一名婦女說，鸞鸞被亂兵劫獲，誓死不辱，被幽囚五個月後，被周萬戶劫持而去。萬戶統領重兵，聲威顯赫。柳穎千難萬險尋到彼處，不敢莽撞行事，便在周府近鄰賃房而居，以觀動靜。後買通周府親信女巫，知將軍夫人悍妒，所掠婦女，不容將軍近身。柳穎於是重賄夫人，贖回鸞鸞，夫婦再合。

柳穎與趙鸞鸞有感於身處亂世，前途未保，於是相攜隱居於徂徠山麓，男耕女織，同甘共苦，相敬如賓。一天，柳穎出城負米，被亂兵殺死於路上。「鄰舍奔告鸞，鸞走哭，負其屍以歸，親舐其血而收殮之」。火化柳穎屍體的時候，鸞鸞亦投火中自焚。

這是一部動人的愛情婚姻悲劇。〈鸞鸞傳〉的題材與構思，似乎在仿效《剪燈新話》中的〈翠翠傳〉、〈愛卿傳〉，而有翻新之意。趙鸞鸞與柳穎的悲歡離合，情節更為曲折，更顯得跌宕有致。

〈瓊奴傳〉寫浙江常山才女王瓊奴，兩歲喪父，母親童氏攜女改嫁富人沈必貴，必貴視瓊奴如同己出。等瓊奴長大後，必貴為繼女瓊奴選婿，只重人品和才學，不計其他，結果，家貧而有才的徐苕郎得以入選，而家富卻愚笨的劉漢老落選。為此，劉家惱羞成怒，設計誣陷沈、徐兩家，冤不得白，徐家充役遼陽，沈家遠戍嶺南，瓊奴與苕郎被生生拆散，天南地北，不相聞問。沈必貴在嶺南悲憤而死，家事零落，童氏與瓊奴母女，棲身荒涼茅舍，以賣酒為生。當地的吳指揮喜歡瓊奴貌美，欲強娶為妾，瓊奴守身如玉，誓死不從，以待徐生。吳指揮怒逐母女，幸虧老驛使杜君，憐母女孤貧，出於同鄉之義，善加撫恤，得以留住驛所。適值徐苕郎從遼東來南海取軍，住於驛站，得與瓊奴母女相遇，並與瓊奴成婚。離散五年，一朝結合，綢繆感傷，自不必說。誰知，吳指揮竟以抓逃軍為名，「捕苕於獄，杖殺之，藏屍於窖內」，再次威逼瓊奴嫁給他。這時，監察御史傅公到南方查案，住於驛所，瓊奴以冤情上告。御史拘吳指揮刑訊，搜出徐苕郎屍身，懲辦了兇徒，冤案得以昭雪。瓊奴見大仇已報，遂「自沉於塚側池中」，受到朝廷旌表。

這篇小說深刻揭露地方豪強、武夫專橫跋扈，終於釀成了瓊奴與苕郎的愛情婚姻悲劇，歌頌了男女雙方堅貞不渝的愛情，情節曲折，引人入勝，瓊奴的形象尤其鮮明生動，真切感人。

〈芙蓉屏記〉寫元末江蘇士人崔英，字俊臣，攜妻王氏到浙江溫州上任。在蘇州附近，船夫貪財，陡起惡念，將崔英沉入水中，盡殺僕婢，席捲其所有資財，獨留王氏，企圖霸占為兒媳。王氏假為應允，「勉為經理，曲盡殷勤」，船夫遂不復防備。中秋之夜，王氏乘機將船夫灌醉，逃到一尼庵中為尼，法名慧圓。後來，船夫顧阿秀到尼庵中布施芙蓉屏一軸，王氏認出是其夫所作，在船上失去，遂題詩屏上。此屏後來被郭慶春買去獻給退隱於蘇州的御史大夫高納麟。崔英被船夫沉入水中後，因善識水性而僥倖不死，一日賣字到高府，高納麟賞其才藝，禮聘為塾師。一天，高御史拿出芙蓉屏鑑賞，崔英見上面有妻子新題的詩句，知道妻小尚活在人間，便陳述往事，高公為之動容。高公經多方查訪，在尼庵中找到王氏，遂請王氏入府中為夫人誦經。又過半年，高公舊吏按臨本郡，高公將崔英夫婦遇盜事告知，盡捕兇犯，審結此案，崔英夫婦得以破鏡重圓。

這篇小說以芙蓉屏作為故事的主要線索，巧妙安排情節，而且合情合理，不蹈窠臼，頗能新人耳目。後來，凌濛初據此改寫成擬話本，題目是〈顧阿秀喜捨檀那物，崔俊臣巧會芙蓉屏〉，列入《初刻拍案驚奇》卷二十七。此外還有佚名的〈芙蓉屏〉傳奇。

〈鞦韆會記〉寫元代宣徽院使孛羅在私家花園舉行鞦韆會，諸女競集，笑聲不斷。樞密公子拜住路經此地，聞聲後便前去窺視。後拜住遣媒求婚，宣徽使以愛女速哥失里許嫁。郎才女貌，二人皆獲稱心。不久，拜住一家因事零落，宣徽夫人悔親，速哥失里卻不以拜住貧賤而易志，堅決反對改嫁。父母奪其志，速哥失里遂自縊而死。拜住夜晚去速哥失里靈柩旁哭奠，速哥失里竟起死回生，遂相攜私奔他方，成其夫婦。這篇作品描寫了少數民族青年男女的愛情故事，在中國古代小說中尚不多見，而且構思新穎，矛盾衝突尖銳，富有戲劇性。

本篇曾被凌濛初改寫成擬話本，題目是〈宣徽院仕女鞦韆會，清安寺夫婦笑啼緣〉，列入《初刻拍案驚奇》卷九。謝宗錫的〈玉樓春〉傳奇，也以此故事為題材。

此外，〈賈雲華還魂記〉、〈連理樹記〉、〈鳳尾草記〉等都是有關青年男女愛情婚姻方面的作品，構思新穎，情節曲折，思想深刻，具有較高的藝術成就。

李昌祺賦寫長詩〈至正妓人行〉

在中國詩歌史上，以七言長篇歌行體描寫人物、敘述事件，最成功也最具代表性的是唐代大詩人白居易、元稹開創的「長慶體」，像白居易的〈長恨歌〉、〈琵琶行〉，元稹的〈連昌宮詞〉，都是傳誦不衰的佳篇。它們都是通過兒女之情和悲歡離合反映出深刻的時代內容，在表現手法上以鋪敘為主，間雜抒情，將敘事與抒情相結合，音調協調圓轉，語言婉麗纏綿。在明代初年模仿學習「長慶體」的詩歌也曾出現，較具有代表性的是李昌祺所寫的〈至正妓人行〉。

李昌祺為人耿介正直，做官廉潔奉公，洪熙元年（一四二五年），他以才望卓著遷廣西布政使，後改任河南左布政使，為地方大員。在河南任上，他與右布政使蕭省身一起整頓吏治，抑制豪強，打擊貪婪的猾吏，疏滯興廢，恤災救貧，很快使河南一帶政化大為改變，贏得了當地百姓的擁戴。後來他因為要為父親守喪而回故鄉，當時河南大旱，百姓生活困苦，人們感念李布政的恩德廉正，紛紛上書請願，請求朝廷恢復李昌祺的官職，朝廷採納民情，下詔旨把李昌祺從家鄉召回，命他繼續去河南赴任，這在古代是特例，稱為「奪喪」，可見朝廷上下對李昌祺的推重。明仁宗曾稱讚李昌祺是難得的「佳士」，雖然如此，李昌祺卻因為不善逢迎而在官場上屢屢受挫，一直沒有受到重用，人們對他沒有進入內閣執掌大權而感到惋惜。

永樂十七年（一四一九年），李昌祺在廣西布政使任因事受牽連，被朝廷罷職服役房山（今河北省房山縣），他從桂林府（今廣西壯族自治區臨桂縣）動身去房山，長途跋涉，一路風霜。當時已經到了寒冬，他住在一個旅館裡，偶然在那裡碰到一個老年婦女，她看上去已經七十多歲，雖然已經年老色衰，但在她的言談舉止與音容笑貌中依稀可以看出她當年的風韻。她雖然滿面風塵，衣服破舊，卻隨身帶著一支紫簫，可以肯定她擅長於吹簫的技藝。憑著詩人的敏感，李昌祺隱約覺得這老婦有些來歷，或許在她身上還藏著一段鮮為人知的故事，於是他主動與老婦攀談，詢問她的情況。從老婦口中他知道這位老婦原來是元代京城大都（今北京市）的名妓，因為才貌出眾而經常供奉內庭，出入於朝廷百官的酒宴之間，曾經名滿京華，後來，元代滅亡，她身無所依，準備出家為尼，但沒有如願，就嫁給了一個平民百姓為妻，生兒育女，日益淪落。如今丈夫早已死去，她老無所依，就隨著做匠工的孫子，在營造工地上乞食討飯。李昌祺被老婦的身世遭際所感動，他要了幾個菜，兩壺酒，請老婦與自己對面而坐，真是「同是天涯淪落人，相逢何必曾相識」，兩人對飲話舊，老婦拿出紫簫，特意為李昌祺吹奏了一支曲子，簫聲幽咽低迴，如泣如訴，如怨如慕。曲子吹奏完畢，老婦已是滿目淚花，李昌祺也是司馬青衫淚已濕。他感嘆老婦的身世，也慨嘆自己的遭逢，感慨萬千，情不自禁，當場揮筆舒紙，寫下了七言長詩〈至正妓人行〉，寫完後將詩贈與老婦作為留念，老婦人很是感動，她起身雙手接過詩篇，看了一遍，對李昌祺說：「大人的這首詩寫得太好了，真類似元（稹）、白（居易）的詩風，只可惜我們相見太晚了！我已經老了，將不久於人世，等我死後，我一定讓我的孫子把這首詩在我靈前焚燒，使我在地下冥間也可以誦讀您的詩篇！」

李昌祺感慨萬端，他告別了老婦，又奔上北上的路程。第二年的春天，李昌祺到京師去，在路過那座旅館時，他去訪問那位老婦人，卻不見老婦人的蹤影，向人詢問，才知道老婦已經死去。李昌祺吟誦去年為老婦人寫的詩稿，心中充滿著惆悵和悲哀。

李昌祺感事而作的七言歌行體敘事詩〈至正妓人行〉共八十八韻，一百六十六句，近一千二百字，無論是內容還是風格，都很像白居易的〈琵琶行〉，兩詩都是作者在遭貶之時的作品，都是通過妓人的淪落生平抒發作者的沉淪遭際與抑鬱心態，都是有感而發。李昌祺的這首〈至正妓人行〉從創作上看明顯地在模仿白居易的〈琵琶行〉，但他的模仿並不是機械地仿效，也不是「少年不知愁滋味」式的強說愁，而是有感而發，有遇而作，所以詩寫得雖沒有白居易詩的圓轉流麗，但仍然具有自己的特色，淒傷感人。李昌祺的這首長詩傳開後，當時的名人文士、達官巨公多有題詠，光是為這首詩所寫的跋文就達十多篇，可見這首詩在當時的影響。李昌祺生當臺閣體詩風盛行的時代，但他的詩歌創作卻不受臺閣體的浸染，能擺脫臺閣體的弊病陋習，他的詩清新流逸，色新意古，在當時獨具一格。他的詩文集有《運甓漫稿》、《容膝軒草》、《僑庵詩餘》等。

被活埋凍死的才子解縉

在明代初年的文壇上，有一位名聞遐邇的才子文人，他就是被人們稱為「解學士」的解縉。解縉不僅生前以才學冠絕一世，而且在死後也一直被人們視為「才子」的典型而津津樂道，最突出的是有關「解學士詩」的打油詩在社會上廣泛地流行，經數百年而不衰。有這樣一個傳說，說解縉少年時一天在街上走，當時是春天，天上下著絲絲春雨，解縉不小心跌倒在地，周圍的人看到了，都笑了起來，解縉隨口吟出一首打油詩諷刺笑他的人：「春雨貴似油，下得滿地流。滑倒解學士，笑殺一群牛。」這當然是民間的隨意編造，但卻從一個方面說明人民大眾對解縉的喜愛。

解縉字大紳，江西吉水人，生於明洪武三年（一三六九年），死於明永樂十三年

（一四一五年）。他出身於一個仕宦世家，父親解開是元末明初的文人，曾任吉水縣學師訓，教育人才，開吉水文學之盛。解縉生而聰明穎悟，據載他生下來還不會說話，就能理解大人的教誨。五歲時，他曾夢見五色筆，筆上有花像荷花一樣鮮豔。一天，他的族祖把他抱在膝上玩耍，戲問他：「小兒何所愛？」他應聲而答道：「小兒何所愛，夜夢筆生花。花根在何處，丹府是吾家。」致使他的族祖大吃一驚，認為這孩子將來一定會有出息。七歲時，解縉讀書就能過目成誦，寫詩作文不假思索，一揮而就，常常筆下出奇語，連大人都比不上他。解縉自己在詩中也說：「我時七步詩即成，諸生學士觀如堵。」（〈河洲正月十五夜有感〉）可見他是一個天才早熟、詩才卓越的奇才。

解縉十九歲參加科舉考試，中江西鄉試第一名，立刻名聲大噪。二十歲時考進士，他與兄長解綸同時考中進士，明太祖朱元璋曾親自考問他，對他的聰明和才學分外賞識，授他為中書庶吉士，常常令他侍奉在側。一天，朱元璋在大庖西室對解縉說：「我與你義則君臣，恩如父子，你有什麼話對我講，應該知無不言。」讓解縉對朝廷政事直接發表自己的看法。解縉很是感動，他當即寫了一封長疏奏上，名為〈大庖西封事〉，在這篇疏中，他毫無顧忌地指陳朝政得失，指出朱元璋喜怒無常、濫殺無辜、奴役百官、加重賦稅等行為不利於國家的興盛。隨後他又上〈太平十策〉，主張參考井田制，兼行郡縣制，興禮樂、辦新學校、省繁冗、薄賦斂等。可以說解縉的見解是比較符合當時實際的，但他少年氣盛，不諳人情世故，竟敢指陳皇帝的過錯，惹得朱元璋老大不高興。解縉平時自視也很高，特別瞧不起那庸俗的武夫和官吏，一次他到兵部去，索求皂隸，曾不顧情面當面辱罵兵部尚書，様就使他在朝廷上得罪了不少人。朱元璋雖然愛他的才能，但對他的耿介狂傲也很不滿意，他曾對人說：「解縉以冗長自恣耶？」於是朱元璋趁解縉的父親解開進京謁見的機會，對解開說：「大器晚成，若以而子歸，益令進學，後十年來，大用未晚也。」（《明史・解縉傳》）意思是說解縉還年輕不太懂世故，不會做人，你把他帶回家去，讓他繼續學習磨鍊，等十年後再讓他出來做官也不晚，這就等於將解縉解官回家。解縉只好隨父親回到家鄉。

洪武三十一年（一三九八年），朱元璋駕崩，解縉雖被解官在家，還不忘朱元璋對他的賞識知遇之恩，就主動進京哭悼朱元璋。一些平時嫉恨他的權臣們就藉故說解縉沒有聽到朝廷的召喚就私自進京，就把解縉遠遠地貶謫到河州衛做小吏。後來經過禮部侍郎董倫的推薦，解縉才被召回到京師，任翰林院待詔。明成祖朱棣奪取皇位之後，也很賞識解縉的才華，就擢升解縉為翰林院侍讀，讓他與大臣楊士奇、黃淮、胡廣、金幼孜、楊榮、胡儼等一起進入內閣，參與朝廷的重大決策。在當時入直內閣的七位權臣中，以解縉最為年輕。但解縉任事直言，言無顧忌的性格並沒有改變，因此常遭姦讒小人的妒忌。特別是在選立太子的問題上他得罪了漢王朱高煦。按封建時代立嫡立長的規定，朱棣應該立長子朱高熾為太子，但朱高熾為人仁厚，朱高煦雖不是長子，卻想奪到太子的位置，他在父親朱棣面前有所表現，討好朱棣，致使朱棣在太子的人選上一直猶豫不決。一次，朱棣問解縉立誰為太子合適？解縉極力推薦朱高熾，朱棣這才下決心立朱高熾為太子。此事後來被朱高煦得知，他認為是解縉從中阻撓，使自己失去做太子的機會，就對解縉懷恨在心，時常在朱棣面前說解縉的壞話。朱高熾做太子後，因不會奉迎朱棣，逐漸失去朱棣的歡心。解縉勸諫朱棣，讓他不要這麼寵信朱高煦，說這樣下去會引起他們兄弟間的不和。朱棣聽了很惱火，認為解縉是在有意離間他們父子間的親情，開始對解縉不滿起來。一次藉故解縉廷試時讀試卷不公，把解縉貶謫到廣西任布政司參議，不久又改謫交趾布政司右參議。

永樂八年（一四一〇年），解縉來到京師面見皇帝，正巧朱棣北征未回，解縉就拜見了皇太子然後回去了。等朱棣回京後，朱高煦就在朱棣面前說解縉的壞話，說解縉趁皇上不在京師時私自拜見太子，有不臣之心。朱棣聽信了朱高煦的讒言，十分震怒，就命人把解縉逮到京師，投進牢獄。永樂十三年（一四一五年），錦衣衛的頭目紀剛進呈囚犯的簿籍，朱棣看到籍冊上有解縉的名字，就順口說了一句：「怎麼解縉還沒有死啊？」紀綱以為皇帝要處置解縉，回去之後就用酒灌醉解縉，然後把他埋在積雪之中，解縉就這樣被活埋凍死。當時他才四十七歲，英年被害，十分令人惋惜。

明初倫理劇：《伍倫全備記》

明初的劇壇相對來說顯得較為冷落，這個時期並沒產生任何傳世佳作。儘管幾位皇帝都是戲曲愛好者，但明初的封建專制和文化高壓政策對藝術創作產生了阻扼。由於對文藝的教化作用的過分看重，使這個時期的許多文學創作成了宣揚封建禮教的工具。在傳奇創作上，朱元璋認為高明的《琵琶記》是富豪家不可缺的「珍饈百味」，因為它倡導「風化」，宣揚合乎封建倫理的「忠孝」。當時許多具有較高地位的士大夫和官僚主動體會聖意，用傳奇創作來勸忠勸孝，宣揚禮教，他們的作品形式上駢偶藻麗，深受八股文的影響，內容上大肆宣揚禮教。這種傾向在成化年間開始出現，至嘉靖年間而登峰造極，形成了傳奇創作中的駢儷派，與明初詩文領域中的「臺閣體」並行。因為主要作家多系崑山一帶人，所以又可稱為崑山派。其代表作家、作品是邱浚的《伍倫全備記》。

《伍倫全備記》全名《伍倫全備忠孝記》，又名《伍倫全備綱常記》。它的作者邱浚是弘治朝的文淵閣大學士，地位相當於宰相。他生於一四一八年，卒於一四九五年，字仲深，號赤玉峰道人，廣東瓊山人。他的父親在他幼年時便去世了，他的母親李氏親自教他讀書。邱浚本人也十分勤奮，三十四歲時中了進士，進入翰林院，做了庶吉士編修，以後他扶搖直上，歷任翰林院學士、國子監祭酒、禮部尚書兼文淵閣大學士，因為向皇帝進呈〈大學衍義補〉被賞識，擢升入閣，實任宰相之職。邱浚是一位勤懇恭順的官吏，同時又是一位道學家、理學大儒。他曾參與《大明一統志》、《英宗實錄》等書的編寫，晚年時右眼失明，仍然堅持著錄。戲曲創作有《伍倫全備記》、《舉鼎記》、《羅囊記》等，大都是道學家宣揚封建倫理綱常的說教之作，以《伍倫全備記》最為典型。

《伍倫全備記》共二十九出，寫伍倫全、伍倫備一家忠孝節義的倫理道德。太平郡太守伍典禮死後，他的後妻范氏撫育三個兒子，長子倫全是伍太守前妻所生，范氏生的名叫倫備，最小的兒子安克和是收養的同僚的遺孤。范氏對三個兒子一視同仁。一天，兄弟三人外出遊玩，路途中遇到一個醉漢對他們出言不遜，安克和忍不住和他爭吵相打，被大哥倫全拉開。半年後，這個醉漢在街上被人打死，兇手不知去向，有人報告官府說伍氏兄弟與他有舊仇，可能是兇手，於是三人被官府捉去抵罪。三兄弟在大堂上爭相認罪，願意以自身償命，官府難以決斷，於是傳來范氏。范氏讓二兒子倫備償命，官府認為她偏袒親子，當知道倫備恰恰是她的親兒子之後，深受感動，便為三兄弟開脫罪名，並建議他們入京赴考。

范氏接受了官府的建議，但赴考前，她要為兒子們訂下親事。她不挑大富大貴人家的小姐，獨獨選中了兒子們的老師施善教的女兒。施善教品學兼優，除親生女兒淑清外，還將父母雙亡的外甥女淑秀也接來撫養，二人都深受三從四德的薰陶。因而范氏為倫全與淑清、倫備與淑秀定了親，接著便促三人赴京趕考。倫全中狀元，授諫議大夫之職，倫備中榜眼，授為東陽刺史。兄弟二人名震京都，一時名公貴胄紛紛提親，二人不背前約，回家成親。而倫備的未婚妻淑秀因思念親生父母，感戴舅父養育之恩已哭瞎了雙眼。施善教因此不願聯姻，意欲退婚。范氏認為「結親即結義」，堅不退婚，倫備也誓不另娶，因而兄弟二人同時成婚。新婚之夜，淑清一方面忙著籌備次日婆婆的生日，一面又設案為弟婦禱祝。不久，誠意感動上天，淑秀很快雙目復明。兄弟二人為報母親的養育之恩，一心只想在家盡孝，無心赴任。范氏以「忠孝一理」進行教誨，兄弟二人才安心赴任。

在朝為諫議大夫的伍倫全一心忠於朝廷，屢次向皇帝進諫，結果觸怒權貴，危及自身。後因向皇帝推薦自己的恩師、岳父施善教被人抓住把柄，貶為撫州團練使，守備邊塞小城神木寨。他的妻子施淑清見丈夫被貶邊遠地方，自己要服侍婆婆無法隨行，並且丈夫年已三十尚未有子，於是決定為丈夫娶一個小妾代替自己去照顧丈夫、生兒育女。媒婆被她的豁達大度感動，將女兒景氏許與倫全為妾。景氏在送往神木寨的途中，被夷狄將領劫持，定要娶為夫人，景氏堅決不從，為保住名節綱常，投井自殺。不久，伍倫全也被夷狄俘獲，夷狄將領要他投降，封他高官，倫全寧死不屈。范氏在家鄉聽到這個消息，十分焦急，憂鬱成疾。淑清二人竭盡孝道亦無好轉。為治療婆婆疾病，淑清用刀割開自己的肚子，割取肝片給婆婆煮湯，淑秀也割股療親，為婆婆滋補身體。但范氏終究傷心過度，一病而亡。

伍倫備、安克和聽說長兄被俘，急忙趕去搭救。他們同赴敵營，爭相用自己的生命來替出倫全，同去的僕人永安也願為主人一死。他們的「乾坤正氣」終於感動了夷狄，使之率眾歸順朝廷。朝廷念伍氏一家五倫俱全又立有大功，便封贈官爵。兄弟三人回鄉為母守孝三年，還朝後伍倫備升任宰相，伍倫全升為征虜大將軍，一家極盡顯貴。

最後，伍倫全、伍倫備年近古稀，深感仕途不是人生歸宿，便上本辭歸，與家人團圓。而此時施善教已經成仙，名為「玉虛丈人」，統管天下名山洞天，母親范氏、妾景氏俱已成仙，於是一家人成仙而去，全家在仙界團圓。

邱濬作《伍倫全備記》，目的就是表彰母慈子孝、婦女貞節、兄弟友愛、臣子忠義等綱常倫理，在劇中人名中明顯地寓有封建禮教，他認為傳奇「若於倫理無關緊，縱是新奇不足傳」。

《伍倫全備記》雖然遭到後人的抨擊，但由於它適合封建禮教，因而仿傚之作甚多。由於邱濬是當時名公大儒，又有一定文采，因而作品內容雖然酸腐，但行文卻華實並茂，直接影響了駢儷派的形成。

「要留清白在人間」的于謙

于謙（一三九八—一四五七年），字廷益，號節庵，明洪武三十一年生於浙江錢塘縣太平里。他童年聰慧英挺，出語驚人。七歲時與叔父等路過一街叫「癸辛街」，眾人都不能想出一個工穩的地名與之相對仗，于謙張口答道：「可對『子午谷』。」並指出《三國志》、《通鑑》等出典之處，眾人都嘖嘖讚嘆。一個善於相面的和尚曾看見小于謙頭上梳著三個小髻，就戲弄道：「三丫如鼓架。」于謙立即反唇相譏：「一禿似擂槌。」旁觀的人都笑起來，那和尚卻說：「諸君莫笑。此子骨格非凡，人莫能及，他日乃救時丞相也。」十歲時，騎馬碰上浙江張巡撫的車駕，巡撫見他是讀書人家子弟，就出題考考他：「紅衣兒騎馬過橋。」于謙應聲答道：「赤帝子斬蛇當道。」不僅對得工穩，而且氣魄過人。巡撫大為賞識，送他考試，考中當地秀才。二十一歲中舉。二十二歲赴京會試，得中第一名。在皇帝主考的殿試中，他因直陳時弊，取為三甲進士，時為永樂十九年（一四二一年）。

不久，于謙出仕任監察御使，出使廣東，查處官兵濫殺少數民族的事情。做江西、河南、山西巡撫時，他公正清廉，剛直不阿，關心人民疾苦，平反許多冤獄錯案，救濟災荒，安置流民，發展農業生產。宣德元年（一四二六年），漢王謀反被俘，猶自強辯不服，于謙當場歷數他的罪狀，聲若洪鐘、義正詞嚴，漢王這才伏地認罪。宣德帝非常讚嘆于謙的膽識才略，提升他為僉都御史兼兵部右侍郎。

明英宗即位後，太監王振執掌朝政，欺上壓下。一四五〇年秋，瓦剌也先大舉侵犯，王振挾持皇帝親征，至土木堡被圍。英宗被俘，明軍五十萬全部覆沒，消息傳到北京，朝野震動。一些大臣以徐珵為首主張遷都南逃，同時也先大軍以英宗為人質，以送駕為名，破關斬將，直逼京師。在此危急關頭，于謙挺身而出，力排和議，反對南遷。一面請郕王監國，調取山東、河南、南京等地軍隊急赴北京，一面削除王振餘黨，穩定人心。在敵軍迫近北京時，提出以「社稷為重」的口號，認為國不可一日無君，毅然請立郕王為景帝，同時招募民兵，派重將把守京師九門。于謙親自督戰，號令嚴明，用計誘敵深入，廣大軍民奮勇殺敵，終於打退也先，贏得京師保衛戰的勝利，把明王朝從敗亡邊緣挽救回來，為國家民族作出巨大貢獻。在叛徒喜寧的策劃唆使下，也先一邊假意要求和談，一邊以英宗為要挾，向邊關州縣勒索錢糧財貨或者攻城掠地。于謙堅決反對和談，要求邊關將領堅壁自守，同時派遣勇士計擒喜寧。也先見無機可乘，戰又不利，只得派遣使臣，要求送還英宗。明朝派李實、楊善等出使，最終迎得英宗回京，居於南城宮殿。瓦剌囂張之時，福建、貴州、浙江、湖廣、廣西、瑤、苗等許多地方都有盜寇蜂起作亂，于謙調兵遣將，指揮若定，群臣無不佩服。

他功高蓋世，卻口不言功；加官晉爵，也堅決推辭；所居房屋，僅能遮蔽風雨，這都使一些矜功自傲的人愧恨在心。景帝素來寵信于謙，也為他憂國憂民的忠貞所感動，曾經親自為操勞成病的于謙燒取竹瀝來和藥，這種恩寵也招致了一些人的嫉恨。更因為于謙稟性剛直，群臣有過，他常加彈劾；景帝因用人問他，他從不隱瞞，無所顧忌，所以對他心懷怨恨的人很多。景帝駕崩，奸臣石亨、曹吉祥、徐有貞（前文提到的徐珵）擁護英宗復位，立即逮捕于謙、王文等人，誣陷他們「意欲」迎立襄王的兒子，是謀逆之罪。英宗還在猶豫說：「于謙確實有功。」徐有貞道：「不殺于謙，我們的所為就無法交代了。」景泰八年（一四五七年）正月二十八日，一代功臣就這樣在奸邪的陷害下以「莫須有」的罪名慘遭殺害。家人充軍，家產抄沒，抄家的人驚訝地發現他「家無餘資，蕭然僅書籍耳」。于謙死後不久，奸人石亨等的罪行日益顯露，得到了應有的下場：徐有貞流放，石亨在獄中死去，曹吉祥謀反被誅殺九族。于謙的冤情終於大白天下。一四八九年，明孝宗賜謚號「肅愍」，萬曆年間，又改謚為「忠肅」，杭州、河南、山西等地的人民紛紛建立祠堂，紀念于謙。于謙的一生與南宋岳飛一樣，是一出壯麗慷慨的悲劇，他們同葬在美麗的西湖邊上，「江山也要偉人扶，神化丹青即畫圖。賴有岳於雙少保，人間始覺重西湖」。他們的光輝業績、悠悠忠魂，與綠水青山相伴，萬古長存。

于謙作為明代傑出的政治家、軍事家名垂史冊，他的詩歌創作就不如政治功業那樣著名了。于謙時代的詩壇在楊士奇、楊榮、楊溥的「臺閣體」安閒沖淡的詩風籠罩中，他卻能擺脫時風束縛，關心國家興亡、民生疾苦，寫出許多言之有物、富有個人特色的詩篇。

畫家文人沈周的神仙生活

沈周（一四二七—一五〇九年），字啟南，號石田，晚年又號白石翁，明宣宗宣德二年出生在蘇州府長州縣相城裡。沈家在蘇州是屈指可數的名門望族。祖父沈澄年輕時被朝廷以「賢才」徵召進京，不久辭歸田園，嗜酒好客，詩才名重江南。他不願做官的舉動，被後代作為家法傳承下來。父親沈恒，也善於做詩，風格清麗；同時善於繪畫，跟杜瓊學習山水，骨勁思老，妙逼宋人。伯父沈貞也能詩善畫。一門祖孫父子，常相聚一堂，吟詩作賦，談論古今，四方文士學人不斷登門拜訪觀瞻，被評為盛族之首而名揚三吳。

生長在這樣的家庭裡，使沈周的天資稟賦更易發揮，很小的時候，他就有一些華章麗句傳布於世人之口了。七歲時，沈周跟江南名師陳寬學習，所作的文章高出陳門諸子。當時，父親沈恒被鄉里推選，不得已做了代收稅糧的糧長，常因不能及時完成任務而受到縣令的責迫，沈周不忿之下上書為父辯白，人們很讚賞他的智勇孝道。在十五歲那年的秋天，沈周代替父親的糧長之職到南京聽候宣示，並作了首百韻長詩呈給戶部主事崔恭，崔恭又當面讓他作了〈鳳凰臺歌〉，沈周一揮而就，詞采煥發。崔恭大加讚賞，稱他是當代王勃，並立即下文書，蠲免了沈周父親的糧長差役。十八歲時，沈周娶了常熟富家女陳慧莊為妻，陳慧莊性格淡泊柔靜，略知詩文，孝敬公婆，對沈周的一生事業幫助很大，被他一直看做自己的「閨中良友」。

沈周做詩學畫，廣交文友，聲名日高。二十八歲時，蘇州知府想舉薦他應「賢良」科考試，他用《周易》給自己算了一卦，得遁卦的九五卦，卦辭是「嘉遁貞吉」，他於是辭謝不赴，從此決心不進仕途為官。三十五歲的時候，沈周被官府免除服徭役，從此不再遭受官吏呵斥侮辱，他好像逃脫樊籠的鳥兒一般欣喜雀躍，一氣作了許多詩來表達歡悅之情。

他把自己的居處命名為「有竹居」，每日悠遊林下，笑傲煙霞，或寄情翰墨，吟詩作畫。來往的朋友非常多，有劉珏、文林、吳寬、韓襄、錢昌、陳完、徐有貞、沈翊、張淵、周鼎、顏昌、朱存理、李應禎等，進士秀才、官吏處士，不一而足，江南英俊，匯聚左右。朋友們在一起，飲酒暢談、詩樂並作。沈周常與友人攜手出遊，近則三吳山水，園林僧廬；

遠則登虞山、天臺，遊西湖而訪靈隱，探洞庭而看君山，到處聯句步韻，風流瀟灑。奇山佳水，助成了沈周的詩情文思，更變成為他的胸中丘壑，筆底煙雲。

在世人眼中，沈周過的是一種神仙生活，但沈周心底也常常泛起一種淡淡的憂愁甚至傷痛。那時江南連年水災，農田歉收，家中也是景況慘淡，弟弟沈召臥病數年，在沈周四十六歲時病故，沈周悲痛萬分：「去年曾約看山行，誰道重來隔死生。身後未成妻子計，水流難盡父兄情。交遊屈指無嗟幾，修短令人怨不平。下馬哭君斜陽裡，西風斷雁共悲鳴。」（〈哭沈繼南〉）情哀辭切，嗚咽欲絕。五十一歲時父親沈恒又逝世，一年後在朋友的資助下，沈周才得以買地埋葬了父親。緊接著，連心愛的童僕小同也患痘而死。幾年以後，妻子陳慧莊也撒手離去，沈周的創痛無與倫比：「已信在家渾似客，更饒除發便為僧。身邊老伴悲寒影，腳後衰年怯夜冰。」（〈悼內〉）真實描繪了詩人身槁心碎的形象。儘管家園多故，他仍然得面對現實的日子，他依舊吟詩作畫、接待朋友，心態安寧地走向人生的終點。一五〇九年夏曆八月二日沈周病逝，享年八十三歲。

沈周一生都是個布衣文人，連秀才都沒考過。年輕時知府汪滸推薦過他，五十四歲時明憲宗下詔徵聘過他，七十六歲時巡撫彭禮因讀他的〈詠磨〉詩，還欲禮聘他作為幕賓，都被他一一謝絕了。他恬淡的襟懷甚至超過了陶淵明、孟浩然這樣出名的隱者。他們還常為不得志而怨憤，沈周則終生都避開了出仕與退隱這類困惑封建文人的永恆的矛盾，成為中國文化史上少有的典型。這一方面因為家法規矩，另一方面也因為他看透了明朝君主昏聵、閹宦專權的黑暗現實而終生不仕，也因為他的淡泊的性情、曠達的胸懷而不為退隱而痛苦，同時作為畫家的志向與審美情趣使他在對自然山水的親近中找到並實現了自我。他性格熱忱而謙遜，謹慎而正直，始終保持高潔的操守，不恃才情而傲世罵俗，不因退隱而放浪狂誕。他不因不做官而只顧「獨善其身」，反而時常關注國家命運和民生疾苦。「土木堡之變」時他寫下了〈己巳秋興〉，表達了憂國之思；因為雨災朝廷罷免程敏政官爵「以塞天變」，沈周直指這種政治的昏暗與荒謬，寫出了海內傳誦的「人從今日去，雨是幾時停」的名句；御史蔣欽因彈劾權宦劉瑾被杖斃，八十一歲的沈周仍不畏淫威，做詩哭且讚嘆：

肝膽都消血肉中，老夫和淚哭英雄。
片言禍福人難料，一死是非天自公。
後世茫茫青竹簡，高堂咄咄白頭翁。
忠魂化作長生樹，壟上空號西北風。

生在鄉野，農民的苦難都是他親見親睹的，沈周掩著同情之淚為之寫下了紀實詩篇，如〈廿四夜書事〉云：「租摧鞭扑命何堪，百落千村盡賣男。」如〈堤決行〉、〈低田婦〉等，無不可信為「詩史」。

朋友楊循吉稱沈周畫比文好，儘管他主持江南文壇幾十年，他的繪畫確實遠超過他的詩文。他十六歲跟伯父沈貞學畫，後又師從杜瓊，四十一歲後，由盈尺小景拓為大幅，粗枝大葉而天真爛漫，曾為朱存理作山水長軸長達三丈九尺九寸，歷時一年。早年學習董源，中年以黃公望、倪雲林為宗，晚年陶醉於吳鎮，卻能默有心得，融會貫通。更兼做畫態度嚴謹，「十日畫一山，五日畫一水」。胸中丘壑萬千，自稱「江山落吾手」，看如可行可居，妙絕天然，其成就之高，影響之遠，開創「吳門畫派」，與文徵明、仇英、唐伯虎合稱「明四家」，而實可推為有明第一。

沈周的詩歌雖不及繪畫的成就，但也不為復古時風所掩，而卓然成家。從中晚唐到南北宋、從白居易到蘇軾到陸游，無所不學，而且以土語方言入詩，風格在雅俗之間，不可以一般的聲律規矩來衡量。抒情體物，開闔變化，卻能切近人情，感人至深。

沈周一生著述很多，現今傳世的還有《石田文鈔》、《石田雜記》、《石田翁客座新聞》、《杜東原先生年譜》等九種，詩歌主要收在詩集《石田稿》及《石田先生集》裡。

放蕩傲世，才子祝允明

祝允明（一四六〇—一五二六年），字希哲，因右手多生一指，所以自號「枝指生」，又號「枝山」，明英宗天順四年出生在蘇州一個仕宦人家。祖父祝顥是個進士，朝中曾傳旨選拔四名文才出眾的人，進了宮門才知道是給小太監做老師，他一氣之下就出來了。歷任給事中、山西參政等官，很有政績。祝允明自小聰敏過人，五歲就能寫一尺見方的大字，九歲就很會做詩，讀書很多，經史子集，旁收雜覽，而且有過目不忘的才能，所以胸藏萬卷，不管多麼生僻的典故、知識，他都能隨時記起。發為文章，宏大峭拔，奇氣警人，而且思如泉湧，千言立就。他善於書法，小楷狂草，名動四海，當時人將他與文徵明、唐寅、徐禎卿一起，合稱為「江南四才子」。但就連這樣的才識之士，在僵化腐朽的科舉制度面前，也是連年碰壁。他曾連續五次參加鄉試，卻五次敗北，這對他的打擊很大，但他不是變得消沉，而是更加疏狂放浪、傲視一切。弘治五年（一四九二年），三十三歲的他終於在鄉試中中舉，當時的主考官王文恪早就熟知祝允明的才名，當他批閱到一份非常出眾的考卷時，不忍釋卷，說：「這必定是祝允明的文章。」果然被他猜中。中舉以後第二年，祝允明就開始了他漫長的會試考試的歷程。哪知一直考了二十一年，直到他五十五歲的時候，第七次會試還是落第了，而他的兒子祝續早在三年前就中了進士。他覺得心灰意懶、索然無味，決定放手不考。不久，他以舉人的資格被朝廷委任做官，遠遠地跑去廣東惠州興寧縣做個小小知縣。他之所以選擇這條路，是想攢點錢作為晚年隱居之資。祝允明在任上做過一些好事，他捕殺了三十多個盜賊頭目，境內得以安寧，但他既不會催租要糧，而且也覺得毫無樂趣，光陰蹉跎，不由詛咒起這個鬼地方來了。既沒有荔枝吃，又沒有美酒喝，整日風裡來水裡去地走村過巷，聽到杜鵑聲聲「不如歸去」的啼叫，真想打道回家了。他既沒有弄到想像中的銀錢，第二年還因沒完成錢糧任務而被停發了薪水。可能是官運亨通的兒子的緣故，後來祝允明居然升遷到南京做了應天通判，都市雖然繁華，但那官僚鉤心鬥角的政治旋渦讓他害怕：「世途開步即危機，魚解深潛鳥解飛。欲免虞羅唯一字，靈方千首不如歸。」三十六計走為上，祝允明不久辭去官職，回家賦閒。晚年窮困，六十七歲時離開了人間。有《懷星堂集》、

《祝氏集略》傳世。

祝允明是一位傑出的書法家，許多人求之而不可得，就賄賂與他相好的妓女，常常輕易地得到。據說他的一幅真跡可賣紋銀五兩，而當時十兩銀子就可置下一所不錯的房產。王世貞《藝苑卮言》評他的書法說：「（他對前人）靡不摹寫工絕，晚節變化出入，不可端倪，風骨爛漫，天真縱逸。」小楷〈敘字帖〉、〈前出師表〉端整謹嚴、筆力矯健；晚年的《太湖詩卷》舒展秀逸，變幻莫測。狂草尤為當世所重，〈前赤壁賦〉、〈箜篌引〉鋒勢雄強，顯出他不可羈束的性格。

江南才子，風流唐伯虎

唐伯虎（一四七〇—一五二三年），名寅，初字伯虎，後改字子畏，還有六如居士、江南第一風流才子、桃花庵主、魯國唐生、逃禪仙吏等別號。明成化六年二月初四，誕生於蘇州府吳縣吳趨里的一個商人家庭。父親唐廣德，雖然經商卻有文人的品行，在繁華的蘇州閶門開著酒店兼宰殺豬羊。

屠沽之家，在當時的社會中地位極其卑下，唐廣德寄厚望於伯虎，盼他讀書出仕、改換門楣。伯虎生來極為聰慧伶俐，幾歲就能寫作八股文了，十六歲參加蘇州府秀才考試，高中第一名，讓人驚嘆側目。他也善於古文，駢儷尤絕，詩歌穠麗綺靡，與文徵明、徐禎卿、祝允明往還唱和，被譽為「吳中四才子」。唐伯虎十九歲娶妻徐氏，夫妻相得。然而命運乖舛，二十五歲時父親辭世，母親、妻子又相繼歿亡，只留下年幼的弟妹，後妹妹出嫁不久就死去，「不幸多故，哀亂相尋，父母妻子，躡踵而沒，喪車屢駕，黃口嗷嗷」。伯虎雖然掌門戶，但不善經營、不問生產，又慷慨好客，周人之急，家道急轉直下。儘管多遭變故，他仍然狂放跌宕，不加檢束，雖然是府縣秀才，卻不以科舉為意，與同學張靈日夜飲酒，有時在縣學水池中赤身而立，激水戲鬥，稱為水戰。好友祝枝山規勸他道：「你真想實現你父親遺願的話，還是鑽研鑽研科舉文字吧。你若一定要一意孤行，乾脆扯了秀才頭巾，燒了《論語》、《孟子》算了。你這樣身在其位卻不謀其事，真不知你將來何去何從？」唐伯虎慨然道：「好！明年將應天（南京）會試，我就努力學習一年。如果考不中，絕不再考第二次。」於是杜門謝客，精研《四書》、《毛詩》，學問一日千里。

文徵明的父親文林這時做溫州知府，鬱鬱不得志，唐伯虎寫信勸慰他，文林讀了他的信，覺得他的文字雄偉奇異，就把信給蘇州知府曹鳳看，曹鳳嘖嘖稱嘆：「此人是龍門燒著尾巴的鯉魚，很快就要躍登仙界了。」第二年應天大考，主考官梁儲批閱到伯虎的文章，讚嘆不已：「難道讀書人中真有這樣的奇才嗎？這解元非他莫屬了。」結果唐伯虎鄉試第一，天下哄傳，萬人爭睹，其光輝榮耀，後世竟不稱呼他的名字，而以「唐解元」稱呼他。他自己的內心也興奮不已。在〈領解後謝主司〉詩中得意地寫道：「三策舉場非古賦，上天何以得吹噓。」這一年他二十九歲。
然而，世事如棋，率真無忌的唐伯虎，很快從人生的頂峰跌進命運的深谷。鄉試的第二年，他與江南富家子弟徐經攜手進京趕考。到了京師，二人奔走豪門，結納顯貴，更經梁儲引薦結識了主考程敏政，伯虎雖然名譽日隆，但也遭到了一些人的疑忌。而徐經故伎重演，重金賄賂程敏政的童僕，偷了試題，先請伯虎做一篇作為範本，伯虎又將此事告訴了好友都穆。尚未發榜時，都穆在一姓馬的侍郎家飲酒，聽說唐伯虎又中第一，一時嫉恨，就將徐經買題的事說了出來，被給事中華昶上奏朝廷，頓起大獄。徐經革去功名，伯虎貶往浙江為吏，雖誓死不往，但仕舉功名的道路也就此徹底斷絕。從此他困頓窮愁，為世俗不齒。不僅第二個妻子離他而去，甚至自家的狗，也對他當門狂吠。閱盡了世間冷暖人情險惡的他，走向了世俗禮教的對立面，將本性中原有的叛逆性格淋漓盡致地表現出來，成為一個既避世又罵世的狂士。他將年幼的弟弟託付給文徵明，憤然離家，千里遠遊，涉足廬山、天臺、武夷、衡山，放舟洞庭、彭蠡、東海。回來後，築室桃花塢，自命為「江南第一風流才子」。更加放浪形骸，遊戲風塵，不拘禮法，所做多為驚世駭俗之舉。他曾化裝乞丐、戲弄一班附庸風雅的商賈，乞酒做詩曰：「一上一上又一上，」商人大笑。他隨後又揮筆續為一絕：「一上直到高山上。舉頭紅日白雲低，五湖四海皆一望。」眾人都驚奇萬分。好友文徵明生平不好女色，伯虎則約請妓女，騙文徵明到花船中，逼他親近女色，直到文徵明急得要跳水，才大笑作罷。傳說他曾愛慕一個叫秋香的丫鬟，化成書童進入某官宦家，最終獲得了秋香的愛情。這就是著名的「三笑」故事，雖然是小說家言，但它的存在恰好反證了伯虎性格舉止的風流放浪。唐伯虎晚年窮愁，常常三餐無繼，靠寫字賣畫為生。曾有寄友人的詩寫道：「十朝風雨苦昏迷，八口妻孥並告飢。信是老天真戲我，無人來買扇頭詩。」他漸漸意態消沉，信仰佛教，認為世間一切皆是空幻，「如夢、幻、泡、影，如露亦如電，」便自號六如居士。明嘉靖二年（一五二三年），他貧病交加，死於家中，享年五十四歲。

真正讓唐伯虎名垂後世的，還是他那高妙的畫藝和大量的畫作。他早年師從周臣，取法南宋，後又向沈周學習。取法元人，融兩派之所長，加上他曾壯遊名山，胸藏萬卷，很快自成一家，青出於藍。老師周臣感嘆道：「我的畫不如伯虎，因為我不像他胸有萬卷書啊！」他與文徵明、沈周、仇英一起，被後人稱為「明四家」。他擅長山水、仕女、花鳥，山水多寫實，兼表現高人隱士的飄逸生活；仕女往往取材於古代傳說、故事，實則描繪畫家心中的美女形象，以〈簪花仕女圖〉、〈秋風紈扇圖〉為代表；花鳥多用寫意，活潑生動，以〈古槎棲鳥圖〉為代表。筆法成熟，線條勁韌，墨色變化無方，加上他那罕世的文學修養，他的畫形神畢備，趣味盎然，境界高妙。

唐伯虎一生詩文創作不少，然而多題於畫端扇面，散佚很多，今天倖存的，不足十分之一。清人唐仲冕輯為《六如居士全集》，最為完備。

高潔淡泊的名士文徵明

明憲宗成化六年（一四七〇年）十一月六日，在蘇州德慶橋西北曹家巷一戶姓文的人家，一個男嬰出世了。他就是後來名滿天下的文徵明（一四七〇—一五五九年）。

文徵明初名壁，改字徵仲，四十二歲時改名為「徵明」。他小時候比較愚拙遲鈍，七歲才能站立，八歲還不大會說話，到十一歲上私塾時口齒才順暢。但他那進士出身的父親文林卻很鍾愛他：「這孩子必能大器晚成，不是他看來聰慧的哥哥能比得上的。」啟蒙後果然穎異挺出，每日記誦幾千言，尤其喜歡古文。當時以古文出名的楊循吉、祝允明，雖年長文徵明十多歲，都願折輩相交。祝允明（枝山）讚嘆道：「文君真是錦繡才子啊。」當文徵明十九歲時，就有人偽託他的名字作文出售，楊循吉都能一一辨別出來。與父親同年進士的吳寬，是古文名家。在父親的介紹下，文徵明拜他為師，吳寬高興非常，將自己的古文作法傾囊相授，並在公卿士大夫之間傳播他的聲名。

十九歲時，文徵明第一次參加蘇州的歲試，因書法不佳，列在三等。於是他發憤精研、刻意臨摹，後來更拜南京太僕寺少卿李應禎為師，終於成為一代書法大家，也在這一年，文徵明跟沈周學畫，沈周對他特別器重喜愛，贈詩道：「老夫開眼見荊關（按：五代後梁畫家荊浩、關同，擅長山水，世以荊關並稱），意匠經營慘淡間。未用荊關論畫法，先生胸次有江山。」有青出於藍之許。從十六歲開始，文徵明與許多才子名士交遊往還，先後有都穆、唐寅、蔡羽、祝允明、楊循吉、吳綸、吳仁、黃雲、徐禎卿、錢同愛、沈律、朱凱、王鏊、吳一鵬、薛章憲等，皆一時英秀。更與祝允明、唐寅、徐禎卿一起，被時人稱為「吳中四才子」，唐寅善畫，徐禎卿善詩，祝允明善書，而文徵明總有三家之長。如此才子，竟然連試不第。都穆中了進士，唐寅得了解元，祝允明、徐禎卿也連起科舉，友人的順達不免引起他心中的振盪與悲傷。在唐伯虎中解元這年，父親文林馳書告誡他：「伯虎的才能宜中解元，但為人輕浮，恐怕最終無成。我兒你將來的成就之遠大，不是他能達到的。」真是知子莫若父，這並非貶人慰己之辭，後來，果然文徵明名垂天下幾十年，為一時之泰山北斗，而唐寅命運乖蹇，福壽不終。

二十三歲的時候，文徵明結婚了，妻子是崑山吳愈的三女兒。吳愈官河南參政，也是書翰世家。夫婦同年同月生，徵明初六日，夫人初一，兩人敬重恩愛，相守白首。徵明生平無二色，足不涉狹邪；夫人孝事公婆，嚴教子女，持家節儉，一生不斷織布績麻，每日晚間都要記下一天的用度出入，而且規劃有方，即使築室置產、嫁女娶媳這樣的大事，也不用徵明過問，使他能潛心文藝。文徵明的一生成就，都有著這樣一位賢妻的功勞。

三十歲時，父親文林在溫州知府任上病重，徵明聞訊，飲食俱廢，帶著醫生星夜趕往溫州。他趕到時，父親已於三日前謝世，文徵明悲慟欲絕，幾度暈去。溫州吏民出資千金作為喪儀，徵明堅辭不受，說：「不能讓生者的不屑行為玷汙了死者的清廉聲名。」溫州人民於是重修當地的「卻金亭」，將此事刻在碑上。父親去世後，文徵明的生計日益困窘。父親的故友俞諫，很想送錢給他。一天，俞公問他：「你不覺得早晚艱難嗎？」他說：「早晚吃粥，很好的。」俞公又指著他的破衫問：「怎麼會破到這個地步呢？」徵明故裝未解：「下雨天，只得穿上舊衣服。」雖不好再提送錢的事，但俞公在心底更加佩服徵明的節操。又一日，俞諫訪問徵明，見他門前的溝渠堵塞了，水溢遍地，就說：「從風水的角度講，把這條水溝挖通了，你一定能考中進士。」徵明推辭道：「請您就別管它了。溝一挖通，水就要殃及鄰舍了。」俞諫深自懊悔：「我可真想幫他通溝改善風水，可我為什麼要先說出來呢？唉！我真的不能幫徵明什麼忙了。」也真是命運多舛，文徵明一直考到五十三歲，先後參加了九次應天府鄉試，始終未能取得半個功名。後來工部尚書李充嗣巡撫蘇州，欽服徵明才學，將他作貢生舉薦於朝廷。徵明北上京城，經過吏部考核，很快被封為翰林待詔，參加修撰《武宗實錄》。這時，他已經五十四歲了。

在翰林院三年，文徵明受到楊慎、黃佐、陳沂、馬汝驥等人的敬愛佩服，尤其是大司寇林俊更為看重。每當群英宴集，林俊必邀徵明，謂「席間豈可無此君耶？」儘管做了翰林，儘管與朋友們惺惺相惜，優遊酬唱，文徵明並不覺得春風得意，反而悵然若失。仕途不僅遠離了治國平天下的夢想，而且在徵明面前展示了太多的陰暗面：一些大臣議論副相儀禮的錯失，許世宗遭貶；七月，又因爭論太后尊號，楊慎等人廷杖戍邊，甚至有被杖死的。徵明雖因病請假而倖免於禍，但知識分子在封建權威面前無足輕重的境地，不能不引起他的反思，一向決斷的他，毅然三次上疏，辭官歸里。於是優遊林壑，潛心翰墨。名士周天球、彭年、陸師道等皆出其門下。他常攜兒子、門人泛舟湖山之間，談藝文、品泉石，焚香燕坐，望之如神仙中人。四方儒者填戶塞巷地來拜訪，連外國使者也繞道吳中，以見不到他為恨事。一五五九年二月二十日，文徵明在為嚴傑御史的母親寫墓誌時，握著筆就去世了，享年九十歲。

文徵明號稱「詩書畫三絕」。書法工小楷，得〈黃庭〉、〈樂毅〉等法帖筆意，但更加精純溫正；隸書取法鍾繇，為當世獨步。繪畫不肯墨守成規，步趨古人，而只取古人筆意，繼承發揮，畫風清真古淡，也時有天真爛漫處，無不體現了作者鮮明的個性。詩歌創作從陸游入手，後學習中晚唐，詩風溫正和平，娟秀妍雅，儘管當時有人提倡格律氣骨，他的詩風也不為時尚而變。文徵明辭官之後，仍然有許多王侯權宦來結交他，周王送來古鼎古鏡，徽王送來金寶瓶和其他珍寶，徵明不僅不收，而且連他們的書函也不願拆封看一眼。徵明一生並不富裕，他的書畫當時就很珍貴，求之者車載斗量，連那些仿作的贗品也被人重金收購，發財易如反掌，而他卻不屑為之，相反常常為許多生活貧困的人作畫，連日不倦。

徵明高潔淡泊的操守情性，即使在官場，面對權利、聲色、飲酒，也能泊乎無心，斷在其中，萬變於前而不動，出乎淤泥而不染；在山林而不放浪，處江湖而不狂狷；發於翰墨，也能既中規矩，又寫懷抱。他光輝的人格魅力吸引了許多當時及後世人，並為人所仰慕與追隨。

文徵明的詩集有《甫田集》三十五卷傳世。近人周道振輯校的《文徵明集》，蒐羅詩文，較為詳備。

寓言〈中山狼〉的啟示

東郭先生和狼的故事，在我國早已是家喻戶曉的寓言，「中山狼」一詞也成了忘恩負義者的代稱。在古典名著《紅樓夢》中，賈迎春的丈夫孫紹祖被稱為「中山狼，無情獸」。可見，這個故事在我國古代流傳甚廣。古代文學史上，宋代謝良就有〈中山狼傳〉，這一小說收於明人所編《宋人小說百種》和《古今說海》中。中山狼故事流行最盛的當屬明朝。在小說方面有馬中錫的文言小說〈中山狼傳〉，由謝良小說改編而成。戲曲方面，則有王九思的一折雜劇《中山狼》，康海的四折雜劇《中山狼》。另外，陳與郊、汪廷訥也曾分別著有《中山狼》和《中山救狼》雜劇，雖然已經失傳，但內容不外是東郭先生和狼的故事。在這些文學作品中，最負盛名的當屬馬中錫的小說和康海的雜劇了。

馬中錫的小說和康海的雜劇在內容上大致相同。趙簡子打獵，射中中山狼，狼負箭而逃。東郭先生往中山求取功名，負囊騎驢行於道上，路遇中山狼，狼向先生乞憐求救，先以報恩相許，繼以兼愛之道相激，東郭先生雖然知道救狼會獲罪於趙簡子，但經不住狼的哀求，出於墨者的兼愛思想，將狼藏於袋中。趙簡子率從人追捕中山狼，殺氣騰騰而來，向東郭先生詢問狼的去向，先是揮劍砍轅相威脅，又下令搜袋相逼，東郭先生巧言令色，終於哄騙了趙簡子，救了中山狼。可是狼一脫險便忘恩負義，出袋便要吃東郭先生充飢，東郭先生斥責狼負心，狼卻振振有詞，認為東郭先生應該讓它吃掉，以體現墨家兼愛思想，並兇狠地撲了過去。東郭先生只好一邊躲避防範，一邊要求「問三老」來看看該不該給狼吃掉。狼同意了東郭先生的要求，他們首先遇到一棵老杏樹，老杏因有功於老圃，而老圃卻要將自己砍伐十分氣憤，認為人類皆是忘恩之輩，所以狼應該吃掉東郭先生。次遇一頭老牛，因年老體衰將被人宰殺，正有滿腹怨氣，也主張將東郭先生吃掉，狼更加得意。最後遇到一位杖藜老人，東郭先生講述了救狼的經過，求老人公平判斷，而中山狼卻說東郭先生救它是假，實際是想陷害它。杖藜老人已看透狼的真面目，假言要看看他們所說是否真實，將狼又照原樣重新置於袋中，並示意東郭先生將狼殺掉。東郭先生仍不忍殺狼，還主張把狼放掉，杖藜老人拍掌大笑，給他講了一通世道狼心的道理，東郭先生才恍然大悟，將中山狼殺掉。雖然馬中錫的小說是典雅的文言，康海的雜劇通俗淺切，但其中都體現了平凡而深刻的哲理，揭示了狼奸詐兇殘的吃人本性，批判了像東郭先生那樣的迂腐糊塗、敵我不分的人。從中我們可以看出作者對世道人心的憤慨。

在明代文壇，流傳著關於馬中錫作〈中山狼傳〉小說，康海和王九思作《中山狼》雜劇是以譏刺李夢陽負恩的說法。

康海是明代中葉著名的詩文作家，他和李夢陽同為當時復古派領袖，兩人私交甚好。正德元年，武宗朱厚照即位，宦官馬永成、谷大用、劉瑾等八人用事，時人稱為「八虎」。李夢陽當時任戶部郎中，戶部尚書韓文等欲彈劾閹黨，李夢陽代為草擬奏疏，因內閣群僚意見不一致而事未成，於是劉瑾等宦官權勢更熾。李夢陽因此獲罪，後被逮捕入獄，罪擬斬首。李夢陽在獄中託人傳出片紙，向康海求援，紙上寫著「對山救我」四字。康海接信後，打算去向劉瑾求情，因為劉瑾也是陝西人，康海中狀元後，劉瑾慕其才名，多次以同鄉關係和高官厚祿來招誘他，欲將其羅致門下。曾有一次，劉瑾特意派親信致意康海，說：「主上欲以汝為吏部侍郎。」而康海對使者說：「我做官才五年，從來翰林沒有做五年就升到堂部的，請為我向皇上推辭。」婉言拒絕了劉瑾的羅致。可見康海對宦官專權有所不滿，並且具有高尚的節操。為救李夢陽，這次他卻不惜名節，前往劉府。劉瑾聽說康海來訪，十分高興，迎至大門口，並設宴相待。席間，康海口若懸河，談經論典，劉瑾十分敬重，對康海說：「人謂自來狀元，舉不如公，恨不獲一見，今幸見之，又過於所聞。誠增光關中多矣。」康海笑道：「海何足言！今關中自有三才，古今稀少。」劉瑾忙問「三才」是什麼，康海回答說，一是您老先生的功業，二是張尚書的政事，三是李郎中的文章。劉瑾說：「李郎中是指李夢陽吧？這個人應殺無赦！」康海嘆口氣說：「殺是應該殺啊，可惜關中少了一才！」過了幾天，李夢陽便獲赦釋放了。

兩年之後，劉瑾事敗倒臺，康海被誣為劉瑾的同黨而遭罷斥，削官為民，其中一條罪狀便是拜謁劉瑾救李夢陽。而李夢陽復官，卻沒有對康海出力相救，因此，人們往往從道德上權衡比較，認為李夢陽有負於康海，康海作《中山狼》雜劇來譏刺李夢陽。王九思是和康海一起由於同樣的原因遭到削籍的同鄉官僚，回鄉之後，二人又整日一起遊山玩水，徵歌選妓，放蕩形骸三十餘年，可謂志趣相投，所以，人們也認為王九思作《中山狼》雜劇是為康海鳴不平，斥責李夢陽的負恩。而馬中錫和康海是同時代的人，他也曾因為反對太監劉瑾，被捕下獄。據《明史》本傳記載，馬中錫「居官廉，所至革弊任怨，以故有名」。由此看來，他是一個為人正直、為官清廉的人，他的《中山狼傳》可能是有所感而發的。後人往往將其附會為是為刺李夢陽負康海而作。

其實，李夢陽與康海之間一直十分友好，無論是康海罷官前，還是罷官後。康海罷官的罪狀之一是「謁瑾而救李」。而實質上是由於他的思想性格不容於世，嫉恨者借劉瑾一案來打擊他而已。康海曾同李夢陽、王九思等倡導詩文復古，對以李東陽為首的臺閣體提出尖銳的批評，認為這種文體使「文氣大壞」。李東陽執掌朝政和文壇多年，對於這種批評，深為不滿。再加上康海為人耿介直率，傲岸自負，好面斥人過，稍有不如意事就怒罵不止，引起了一些人的嫉恨。所以當劉瑾事敗，這些人便乘機將康海排擠出朝。李夢陽即使想援手相救，恐怕也無能為力。康海去官後，二人還繼續保持交往，友情很深。康海剛被罷官免職，就想到李夢陽，作了兩首〈懷李獻吉〉，約李夢陽共遊五嶽。可見他從未因丟官失職而怨恨李夢陽，李夢陽聽到康海遭到彈劾的消息後，立即寫詩寄與康海，對他表示深切的同情與關懷，由此可知，康海寫《中山狼》譴責李夢陽忘恩負義是後人的捕風捉影和臆想。

然而，中山狼的故事，為什麼會如此集中地出現在明代中後期的文壇呢？這與當時的社會狀況有關。當時朝廷內部鉤心鬥角，官僚們爭權奪利，機詐百出，為了權勢名位，好友可以反目成仇，師友也能變成冤家對頭。社會風氣敗壞，維繫人際關係的傳統道德觀念日趨淡薄。為了現實利益，背親忘友、忘恩負義的事時有發生。康海創作《中山狼》雖非諷刺李夢陽，但仍可能是對世情有所感而發。他曾經「數次援人於死地」，「而獲生者及造謗焉」。

在康海遭禍之時，的確有些曾經追隨過他或受過他援助的人忘恩負義。康海本來就嫉惡如仇，對此必然會憤慨不已，《中山狼》也可能是由此而發。馬中錫的一生也是大起大落，從自己的坎坷經歷中看透人世的險惡，曾做詩感嘆道：「平生不識負嵎虎，末路乃遭當道狼。」他寫《中山狼傳》確是諷刺時世之作。王九思也是政治舞臺上的失敗者，對現實亦採取了冷峻的批判態度。

無論是小說還是雜劇，作者的意圖都不在於諷刺某一個人。在康海的雜劇中，作者指出「世上負恩的盡多，何止這一個中山狼」。把目光投向了廣闊的社會現實生活，「休道是這貪狼反面皮，俺只怕盡世裡把心虧，少什麼短箭難防暗裡隨，把恩情番成仇敵」。並且列舉出種種忘恩負義的現象，包括負君、負親、負師、負友等，說明了社會的混濁和人心的險惡，從而使作品成為具有普遍意義的社會諷刺劇，產生了針砭社會人心的作用。

龍泉血淚《寶劍記》

林沖是婦孺皆知的梁山好漢，在《水滸傳》中，關於林沖的回目是全書中十分精彩的片段。在明代戲曲史上，第一個以林沖故事、也是以水滸故事為題材進行創作的是李開先，他的《寶劍記》就是取材於《水滸傳》中的林沖故事而寫成的。

李開先（一五〇二—一五六八年），字伯華，號中麓，山東章丘人，祖籍隴西。他的父親李淳是當地的名士，善於解說經義，曾經以解經折服朝鮮使臣。但他一生皓首窮經，卻未能博得一第，年僅五十便去世了。李開先自幼受到父親「仕途經濟」的教誨，習慣於讀書習文。他七歲能文，並發憤自勵，常常讀書至深夜。終於在嘉靖八年（一五二九年）中了進士，踏上了仕途。

李開先為官精明能幹，為人圓通但不失法度，得到了上司的賞識，早年有點兒春風得意。他先後做過戶部主事、吏部考功司主事，稽勛司員外郎、文選司郎中及太常寺少卿等職。在公務之暇，他還與一些當時有名的文士相互唱和，文名稱盛於京師，甚至連嘉靖皇帝也聽說了他的文名，在敕書中特地表彰他在文學上的成就。李開先與王慎中、唐順之等人並稱「嘉靖八子」，在賦詩度曲方面的確富有才華，然而，早年李開先卻志不在此，他「雅負經濟，不屑稱文士」，希望在仕途上有所作為。他做官期間廉潔守職，知人善任，顯示出突出的政治才能。然而，封建社會官場的兇險卻使他很難逃脫黨派的傾軋，遠離派系鬥爭的旋渦。

嘉靖二十年（一五四一年）四月，當時的皇家宗廟失火。這種天災異變在當時往往被視為朝中出了奸佞。於是皇帝下詔，朝中四品以上的官員每人都要將自己的政績如實寫成報告以備查劾，並各呈上一份「辭職書」。李開先當時恰為正四品，依例上疏自陳。而當政的是夏言、嚴嵩。夏言等對李開先的耿直清正及才能聲望有所嫉恨，便藉機將其削職罷官。皇家宗廟的一場大火，燒斷了李開先的美好前程，他在四十歲的壯年回鄉賦閒了。

歸鄉閒居之初，李開先並沒有失卻對復出的信心，他素有經世濟民的大志，還想再有所作為。但在毫無希望的等待中，他漸漸看清了自己的處境，對朝廷失卻了希望，於是便縱情詩酒，放浪形骸，以此來消除一腔入世的熱望，尋求精神的解脫。他參加了當地的詞社和詩社，成為文壇中的核心人物。他還流連酒色，他的妻子曾專遣人到豐沛等地為其物色侍妾。早年他賦詩度曲的才能也得到了極大的發展。李開先賦閑家居時曾「蓄歌妓，徵歌度曲」；起書樓，購祕籍，「藏書之名聞天下」，在當時有「詩山曲海之稱」。特別是他家中養了一個很大的戲班子，全盛時約達到四十人。可見李開先把很大的精力投入到戲曲和其他文學作品的創作上。時人稱他「年幾七十歌猶壯，曲有三千調轉歌」。李開先為我們留存下的詩文、戲曲非常豐富，據說《金瓶梅》可能是李開先的作品。但戲曲《寶劍記》是他目前可確定的最著名的作品。

《寶劍記》雖取材於《水滸傳》中的林沖故事，但在人物情節上略有變動。劇中林沖出身官宦，原為征西統制。高俅以善蹴鞠封侯，童貫以宦官而封王，林沖對這種局面深為不安，因而上疏直諫，被貶為巡邊總旗。後由張叔夜提拔，才做了禁軍教師。他見高俅弄權誤國，再次上表彈劾高俅。因而遭到高俅等奸臣的嫉恨，以看寶劍為名，把林沖賺入軍機重地白虎節堂，以此為罪名，欲置之死地而後快。林沖之妻張貞娘為夫上本鳴冤，才改為刺配滄州。高俅密令解差殺林沖於途中，幸虧林沖的故交魯智深救護，才倖免一死。這時，林沖的妻子張貞娘因婆婆患病赴東嶽廟燒香禳災，並為丈夫祈福，她遇見了高俅的兒子高朋，高朋一見張貞娘，便生邪念，企圖霸占她。高俅一計不成，又生一計，派陸謙、傅安趕赴滄州謀害林沖，燒了林沖所管的草料場，企圖將林沖葬身火海。林沖殺了陸謙、傅安，無處安身，投奔柴進，柴進舉薦他投奔梁山，成為一名頭領。而林沖的母親在高衙內的逼迫下自縊身亡，張貞娘賣釵葬了婆婆，又在好心的鄰居的幫助下逃出汴京，去找尋丈夫，後被白雲庵中尼姑所救，出家為尼。她的侍女錦兒代主而嫁，自盡於洞房之中。後來，林沖帶領五萬梁山兵馬攻打汴京，「兩贏童貫，三敗高俅」，朝廷震恐，忙招安了林沖、宋江，並接受了清除奸佞的條件，將高俅父子問成死罪，交由林沖發落。林沖報仇後又尋到了貞娘的下落，夫妻團圓。

為了襯托出林沖的全忠全孝，《寶劍記》還豐富了張貞娘的形象。在《水滸傳》中林沖的妻子是一個柔順的婦女，而在《寶劍記》中她是一個有見識、有膽略、性格堅強的女性。她平常是林沖的知己，常鼓勵林沖與權奸鬥爭。林沖被陷問罪後，又寫本辯冤並彈劾權姦。丈夫發配後，她在家中贍養婆婆，高衙內一再威逼，她最終逃出汴京，去尋找丈夫，在她身上體現了盡孝全節的德行。寫高俅等人對她的威逼迫害，揭露了權臣奸相的無惡不作。

另外，《寶劍記》中水滸英雄雖然也接受了招安，但這個招安卻是梁山大軍主動出擊，圍困汴京，迫使朝廷剪除權奸，使高俅等人伏誅，他們的鬥爭取得了勝利。較之《水滸傳》中梁山英雄的結局，劇本的處理更有積極意義。

李開先是一個富有才華的戲曲家，《寶劍記》寫得十分奔放豪邁。《寶劍記》問世時正是崑曲盛行之時，李開先卻全用北曲寫成了這個劇本，並取得了巨大的成功，這與他所表現的深刻社會主題是分不開的。

歸有光的家庭散文

明代中葉，前、後七子倡導復古擬古，風靡文壇，此時，唐宋派作家對他們的復古擬古提出了尖銳有力的批評，而唐宋派作家中成就最高的當推歸有光。

歸有光字熙甫，自號震川，人稱震川先生，他的老家曾居崑山項脊涇，故又號項脊生，晚年官至太僕寺丞，後世稱歸太仆。

歸有光出生在江蘇崑山縣的一個大族中，當時崑山有「縣官印不如歸家信」的說法，可見他的家族在當地的聲望。然而這僅是先祖的輝煌，到了歸有光這一代，他的家族早已衰敗了。

歸有光自幼聰明穎悟，五六歲時開始讀書，九歲能文，十歲時已能寫出很好的制藝文字

〈乞醯〉了。十四歲始應童子試，到二十歲以童子試第一名補蘇州府學生員。二十三歲時，他和魏儒人結婚，這是他母親生前（歸有光八歲喪母）為他定的婚事。三十五歲中南京鄉試，本應第一而列為第二。自翌年起，他每年一次，到北京參加會試，結果是八上春官，均不第。後來歸有光曾計算了一下，八次會考加上一次貢選往來的路程共走了七萬里。

嘉靖二十年（一五四一年），歸有光三十六歲。他卜居於嘉定的安亭，此後即開始了二十多年的授徒生涯。由於他頗有些名氣，來跟他學習的多至數百人。這段期間，他除了授徒外，還做了頗值得一提的事情。一是創作大量散文。《震川先生集》中所收六百零五篇散文，寫作年代可考者在半數以上，其中作於此一時期的約一百八十篇。二是撰寫經史著述。據《明史·藝文一》載：其說經之作有《洪範傳》、《考定武成》、《孝經敘錄》各一卷，《四庫全書總目》另著錄其《易經淵旨》一卷（《四庫全書總目·經部·易類存目》）。這些都是為他授徒和應試所必需的。三是關心社會問題。歸有光生活的太湖、吳淞江流域，水患頗多。明初雖屢加疏濬，問題並未解決（《明史·河渠六》）。他研究這一問題的成果，除寫有〈水利論〉等論文外，另輯有《東吳水利錄》四卷（《明史·藝文二》）。清代人認為：「言蘇、松水利者，是書固未嘗不可備考核也。」（《四庫全書總目·史部·地理類二》）

嘉靖四十四年（一五六五年），歸有光六十歲的時候才中了進士。隆慶四年（一五七〇年）春，歸有光自邢州任上入賀京師，為太仆寺留修寺志。後經人推薦，升任南京太僕寺丞。南京的官銜本為閒職，於是被留在北京內閣制敕房，先是草擬敕命，後專修《世宗實錄》。歸有光本期望乘此機會盡讀內閣制敕房的大量罕見的藏書，以便更加充實自己，作為一個封建士大夫，他此時仍存有在政治上得到重用的念頭，但是命運總是給予誠實的人以意外的揶揄。浙江的監察御史仍在找他的碴兒，得知此消息，歸有光悲憤交加，精神上無法承受這種打擊，於隆慶五年正月十三日（一五七一年二月七日）離開了人世。

歸有光的散文創作，遠承《史記》，近學韓、歐。散文中寫得最好的，是他的記人記事之作。這些作品因其多寫家庭倫理之樂、日常生活瑣事，故稱之為家庭散文。

〈寒花葬志〉是歸有光家庭散文的代表作。作者善於用簡潔的筆墨勾勒人物的外貌，善於捕捉人物一瞬間的動作、神態變化，這是〈寒花葬志〉的顯著特色。

作者只用了一處外貌描寫、一處行動描寫、一處神態描寫，就將寒花的形象刻畫得栩栩如生了。這個十歲的小丫頭，垂雙鬟，曳綠布裳，外貌是那樣嬌小可愛。更可愛的是她那天真無邪的性格。你看，在主人要拿她削好的熟荸薺吃時，她竟端起小盆就走，不給他吃。多麼嬌憨、任性、淘氣。當女主人讓她依几吃飯時，她一邊吃飯，一邊忽悠忽悠地轉動著眼珠，顯得那樣機靈又那樣怡然自得。全文沒有一句對話，而這個全無長幼尊卑觀念的純潔美好的小姑娘卻給我們留下了明晰的印象。我們不禁要讚嘆歸有光具有畫家的慧眼、畫家的手筆。這樣一個活潑可愛的小姑娘卻如天上的流星倏忽而逝了，誰能不感到憂傷，不覺得可惜呢？文章一頭一尾，各用一句話抒發了作者的哀慟之情，言簡意深，感情真摯。

歸有光是明代「唐宋派」古文的魁首，著名散文家。他遠承《史記》，近學韓、歐，其散文記事真實親切，抒情生動感人。描寫上注意吸收小說的技法，善於從表情、動作、行為、語言諸方面做細節描寫。文章結構精巧嚴整，富於變化。語言洗練精粹，清麗雋永，言簡意賅，具有獨特的藝術風格，對後世散文影響很深。

吳承恩搜奇著「西遊」

吳承恩（一五一〇？—一五八二？年），字汝忠，號射陽山人，淮安山陽（江蘇淮安）人。他出身於一個從「兩世相繼為學官」，終於沒落為商人的家庭。他的父親是個不善經營的小商人，但他愛讀書，常為其中的忠臣義士的不遇痛哭流涕，且好談時政，「意有所不平，輒撫幾憤惋，意氣鬱鬱」。在這種家庭環境中長大的吳承恩，自然會感受世態炎涼，也會從父輩那裡吸收到不平則鳴的氣質。

吳承恩「性敏而多慧」，懷有滿腹經綸，但在科場上他頗不得意，連個舉人都未能撈到，心中自然憤懣。而他又是極喜歡那些奇聞軼事的，吳承恩不僅愛看這類的書，而且還動手寫過志怪小說〈禹鼎志〉。〈禹鼎志〉至今已散失，但可以說是他著作《西遊記》的一個前奏。當他對世間不平之事有了深刻體驗以後，素愛神怪、奇聞軼事的吳承恩終於開始了他的《西遊記》創作，藉神怪故事來寓鑑戒，以筆來代替磨損了的「斬邪刀」。

事實上，吳承恩創作《西遊記》是很有條件的。首先，他文采很好，在當時當地很有名氣。其次，在他寫作之前，他已經準備了大量素材。他說他小時候愛偷買偷看「野言稗史」，「迨於既壯，旁求曲致，幾貯滿胸中矣。」當然，這些素材的積累與他「博極群書」是分不開的。《西遊記》中的許多故事可以在明代以前的古書中找到它們的根源。

當然，吳承恩創作《西遊記》主要還是依據玄奘西遊的故事。玄奘去西天取經是歷史上的真人真事。唐太宗貞觀三年（六二九年），由於當時佛卷經書的不完善，玄奘和尚不顧朝廷禁令，偷越國境，費時十七年，遊歷了大大小小百餘個國家，前往天竺國取回經卷六百五十七部，在當時引起很大震動。回來以後，由玄奘口述，他的門徒辯機將他的經歷見聞輯錄成《大唐西域記》。書中記載了玄奘和尚親身經歷的一百一十個、聽聞過的二十八個西域國家和地區的地理環境、風土習俗、物產氣候、文化政治等多方面情況，使人大開眼界。玄奘死後，他的門徒慧立、彥琮還撰寫了《大唐大慈恩寺三藏法師傳》，他們為了神化玄奘，在描繪他歷盡艱險、一意西行的同時，還穿插了一些神話傳說。

任何一部成名著作單靠借鑑還是遠遠不夠的，還要加上作者的再創作。吳承恩集歷代《西遊記》故事之大成，並加以自己的藝術創造，使西遊故事變得更豐富、更生動，人物形象也更豐滿。從唐宋到明代，西遊故事經歷了數百年的流傳，不少人都對它做了不同程度的豐滿和加工。但唯有到吳承恩進行了大量的藝術創造後，才使之成為一部不朽的名著，其功勞可謂大矣。

作為一部神魔小說，《西遊記》和其他小說不同，它主要講述的是唐僧師徒四人從東土大唐到西天取經的故事。其中大多數故事都發生在他們取經的路上，待到他們的路程結束，全書也就結束了。這部小說所採取的敘述方式是「在路上走」的形式，我們可以說唐僧他們往西天取經，恰像人在旅途。

到西天取經可是一項硬任務，路途遙遠不說，而且十分難走，途中多的是崇山峻嶺，闊川險澗。

像八百里黃風嶺，「那山高不高，頂上接青霄；這澗深不深，底中見地府」。真是山高嶺峻，崖陡壑深。又有白雲升騰，怪石亂臥，常見飛禽走獸、狼蟲虎豹出沒，真是險惡無比，不要說過，看著都令人心驚。這樣的險惡山嶺不止一處，後來經過的白虎嶺、平頂山等，也是同樣的怕人。這是山，再看河。剛過八百里黃風嶺，又到流沙河。河岸上的石碑寫得明白：「八百里流沙河，三千弱水深。鵝毛飄不起，蘆花定低沉。」這河水連鵝毛、蘆花都浮不起，人怎麼過？還有更厲害的呢。唐僧師徒來到通天河畔，八戒用頑石試河水的深淺，連他這個天蓬水神在試過以後也不禁驚叫「深深深」，深不可測；河面之寬，就連孫悟空那雙晝看千里、夜視三五百里遠的火眼金睛也看不到對岸。又無船隻，這如何過？難怪唐三藏又「滴淚」了。

這是自然天成的險惡，也是無可奈何的事情。可偏偏更令人心忧的是，越是到了這樣險惡的地方，越容易碰上妖怪。妖怪處處作梗，令唐僧師徒雪上加霜。像黃風嶺上有黃風怪，使起黃風來把悟空的火眼金睛都吹得「眼珠酸痛」，「冷淚常流」。白虎嶺上有白骨夫人，她善幻人形迷人；平頂山的金角、銀角大王的寶貝可以把人化為膿血。六百里鑽頭號山澗裡住著紅孩兒，他放出的三昧真火連悟空也抵擋不住。這是山上的怪，再看水中的妖。沙僧曾在流沙河為妖，幸被收服。黑水河裡住著龍王的外甥，他口口聲聲要吃唐僧肉，還順便要為他舅爺祝壽。通天河裡則是觀音養的金魚成精。這些妖魔的出現，使西行路途更加險惡難行。

多虧了悟空他們伏妖降魔，唐僧才得以平安到達西天。徒弟多能，連唐僧也不時衷心稱讚，「醜自醜，卻俱有用」。尤其是悟空，他火眼金睛，能識破妖魔的伎倆，看清隱形的妖精。但肉眼凡胎、不辨妖邪的唐僧耳活面軟、蠻橫專斷，他大都聽不進悟空的良言，一味「慈悲」，結果為自己惹下不少麻煩。這樣，西行路上一部分災難就被塗上了人為的色彩。

更有一種人為的災難卻是神佛們故意設置的，還美其名曰：為了考驗。比如唐僧師徒四人行至平頂山，受到了金角、銀角大王的阻擋。他們仗著手中的葫蘆淨瓶、法扇寶劍，一定要吃唐僧肉。孫悟空不屈不撓，多次與妖魔鬥智鬥法，好容易才將二怪拿住，這時他們的主子卻出現了。原來他們是太上老君的金銀二童子。當悟空指責老君「縱放家屬為邪，該問個鈐束不嚴的罪名」時，老君卻說是南海觀音向他借了三次才借到，菩薩讓他們託化妖魔來試唐僧師徒去西天的心意呢。而這次考驗差點兒使唐僧屍骨無存，悟空化為膿血，難怪悟空罵觀音菩薩「憊懶」，咒她「一世無夫」了。

唐僧一行一心向前，目的很明確，為的是：取回真經，修成正果。他們的西行帶有戴罪立功、脫離苦海的意味。唐僧師徒四人原本都是有「罪」的。唐僧本是如來佛祖的二弟子，名喚金禪子。只因他「不聽說法」，輕慢佛法，才被罰往東土轉生。悟空大鬧天宮，犯有「欺天罔上」之罪，四人中他的罪孽最重，出力也最多，更像贖罪。至於八戒，他是因調戲嫦娥被打到下界的天蓬元帥；而沙僧原是天上的捲簾大將，因在蟠桃會上失手打碎琉璃盞，才被罰下界到流沙河為妖。就連白龍馬，也是罪身，他本是縱火燒了龍殿上的明珠，被其父敖閏告以忤逆之罪的小白龍。悟空他們罪孽深重，多虧觀音菩薩點化，讓他們皈依佛門，還給了他們戴罪立功，重歸本位，修成正果的機會。這就難怪他們一心一意地保護唐僧，全力西行了。

有了堅定信念，哪怕路程再長再艱險，照樣會成功地到達理想的彼岸，這正是唐僧師徒齊心西行的內涵和象徵意義。《西遊記》採用「人在旅途」這一形式，重在體現悟空他們的追求過程，他們的成功有很大啟示性。

神魔本是人類幻想的產物，人們藉助這類幻想表達出對社會人生的理解和認識。在《西遊記》中，神魔已基本成為一個完整而有序的系列，且含有大量的人化色彩。作品的神魔為主要的描寫對象，所以被魯迅先生稱為「神魔小說」。

《西遊記》本是描寫神魔的小說，而這些神魔卻帶有大量的人化色彩，這就曲折地反映了現實。尤其是對天上神仙進行人間化的描寫，則體現了作品對當時社會的一定的針砭性。這一點很值得注意。

美猴王孫悟空的原型

讀《西遊記》，人們最喜愛的人物恐怕就是那位號稱「美猴王」的孫悟空了，孫悟空是《西遊記》中的真正主角，可以說沒有孫悟空就沒有《西遊記》。然而，就是這位大名鼎鼎的孫悟空，關於他的血統或國籍在學術界卻一直爭論不休，至今沒有定論。有人說孫悟空是國產的神猴，他的形象原型來源於中國古代有關猴精的神話故事和傳說，像淮河水神無支祁和猿精等。有人認為孫悟空是印度血統，源於印度長篇史詩《羅摩衍那》中的神猴哈奴曼，也有人折中調和，說孫悟空是印中兩國文化交流產生的混血兒。不管怎麼說，即使孫悟空形象的形成受到印度文化的影響，但在小說《西遊記》中，孫悟空的性格特徵卻是完全中國化了的，應該算做道地的「國貨」。

早在《西遊記》產生之前，在中國的神話傳說與文學作品中就出現了猴子的形象。遠的不說，在魏晉志怪小說中就有關於猿猴搶婦人的記載，到了唐代猿猴的故事就更多更詳細了。唐代前期出現了一篇名為〈補江總白猿傳〉的小說，其中寫了一個白猿精，神通廣大，「半晝往返數裡」，喜歡搶掠漂亮的女子。唐李公佐的〈古岳瀆經〉記載了一個淮渦水神無支祁的故事，無支祁形狀像猿猴，「縮鼻高額，青軀白首，金目雪牙。頸伸百尺，力逾九象。」後來被治水的大禹用鐵鏈鎖於龜山之下。宋元話本〈陳巡檢梅嶺失妻記〉中的猿精申陽公，號「齊天大聖」，而且「神通廣大，變化多端，能降各洞山魈，管領諸山猛獸，興妖作法，攝偷可意佳人，嘯月吟風，醉飲非凡美酒，與天地齊壽，日月同長」。申陽公的形象已與後來的孫悟空有某些相似之處，只是身上還帶有妖氣，喜歡女色。明初瞿佑《剪燈新話》中有一篇〈申陽洞記〉，也載有類似的一篇故事。由此可見在中國古代小說中，記載神通廣大的猿猴精的故事可以說是源遠流長，《西遊記》中孫悟空的形象與這類寫猿猴精的故事多少有些血緣關係。

另外，從《西遊記》的成書過程看，孫悟空作為猴子的形象也有一個演化歷程。在宋代出現的「講經」故事的底本《大唐三藏取經詩話》中，出現了猴行者的形象，他化身為白衣秀士的模樣，自稱是「花果山紫雲洞八萬四千銅頭鐵額獼猴王」，自動護持三藏去西天取經。他憑藉自己的神通，一路上殺白虎精、伏九頭龍，降深沙神，足智多謀英雄無比。從猴行者的身上我們可以看到孫悟空的影子。在元代末年出現的《西遊記》平話中，孫悟空的形象更加豐富了，他號稱「齊天大聖」，偷蟠桃、偷老君的仙丹，偷王母的仙衣設慶仙衣會等，已與吳承恩《西遊記》中的孫悟空很相近了。當然，孫悟空形象的最後定型與成功塑造主要應歸功於吳承恩的《西遊記》。

《西遊記》中的孫悟空身上首先體現出一種追求自由的精神。從孫悟空的出身看是很奇特的，他無父無母，本是花果山上的一塊仙石孕化而生，他秉受著天地精華應運而生，出生後就「目運兩道金光，射沖斗府」，驚動了玉皇大帝。隨後他在「花果山福地，水簾洞洞天」稱王稱霸，自封美猴王，率領群猴，過著「不伏麒麟轄，不伏鳳凰管，又不伏人間王位所拘束，自由自在」的生活。為獲得長生不老之術，求得不生不滅，與天地齊壽的生命自由，他四方求師，終於學得一身高超的本領。然後他就打進閻王殿，勾銷了生死簿，獲得了生命的自由。後來，他雖然被如來佛壓在五行山下，又被觀音菩薩帶上金箍帽，隨唐僧西天取經，可他追求自由的本性並沒有因此而消失，在西行途中，每當他受到唐僧的窩囊氣時，他首先想到的是回花果山，在孫悟空的心中，花果山是一片自由的樂土，對花果山的神往無疑是他對自由生活的渴望。

體現於孫悟空身上的另一種精神是他的蔑視禮法，反對權威。孫悟空是大自然的兒子，他在自然母親的懷中誕生，懷有自然真性，從不知世間禮法為何物，也從不畏懼權勢者的壓迫。他不僅蔑視人間的禮法，也敢於反抗神界的秩序，他擾龍宮，鬧地府，幾次大鬧天宮，自封為「齊天大聖」，與玉皇大帝對著幹，見了玉皇大帝從不行禮，最多也是唱個肥喏而已。他甚至提出「皇帝輪流做，明年到我家」的口號，公開與玉皇大帝爭位，攪擾得天宮不寧，玉皇大帝對他束手無策，天兵天將成為他手下的敗將。最後玉皇大帝只好搬出來佛祖如來，才將他收服。之後他雖皈依了佛教，可仍是本性不改，他嘲笑觀音菩薩，打趣如來佛祖，降妖除怪動不動就打上天庭興師問罪，反抗性格也不減當年。

當然，在孫悟空的性格中，最突出的要數他那頑強的鬥爭精神。他自出生以來，就在不斷地與天鬥，與地鬥，與各種妖魔鬼怪鬥，從不知退讓，也從不屈服。他闖東海龍宮，獲得龍宮珍寶定海神針作為自己的武器，他大鬧地府，拿過生死簿，「把猴屬之類，但有者，一概勾之」。尤其是他幾次大鬧天宮，直打得「那九曜星閉門閉戶，四天王無影無蹤」。他還要和玉皇大帝爭位，讓玉皇大帝搬出天宮，「若還不讓，定要攪攘，永不清平！」大鬧天宮的故事，以無比的熱情讚美了孫悟空的反抗精神和戰鬥性格。在某種程度上說，天庭的秩序和尊嚴象徵著地上的封建統治，孫悟空的大鬧天宮寄寓了封建社會中的廣大人民要求自由解放，反抗封建壓迫的願望和鬥爭要求。

孫悟空敢於鬥爭，也善於鬥爭，他英勇無畏，不怕困難，對勝利始終抱著必勝的信念。在西天取經的路上，遇到各種各樣的妖魔，他們手段高強，變化多端，不是要阻擋唐僧師徒西天取經，就是要吃唐僧的肉，以求長生不老。面對各種狡詐兇惡的妖魔，孫悟空毫不畏懼，勇往直前，與他們展開了激烈的戰鬥，終於把各路妖魔一一降服消滅。孫悟空把降妖除怪為人們解除危難看做是自己的天職，一聽到有妖怪可打，他總是分外高興。他與妖怪鬥勇，也鬥智，每當打不過妖怪時，他就首先想到去查妖怪的根底，或者是上靈霄寶殿，或者是去佛祖的西天，再不然就是去南海觀音菩薩那裡求救。更多的時候他戰勝敵人是靠自己的智慧，他善於變化為妖精的模樣打進妖精內部，更喜歡變做妖精的父母去騙妖精。他最拿手的好戲當然是鑽進妖精的肚子裡去，逼使妖精降服，比如他曾鑽進鐵扇公主的肚子中，逼迫鐵扇公主交出芭蕉扇。在獅駝嶺，他鑽進老魔肚子裡，要在裡面過冬煮飯，他在老魔肚中「撒起酒風來，不住的支架子，跌四平，踢飛腳；抓住肝花打秋千，豎蜻蜓，翻跟頭亂舞」，最終征服了妖魔。孫悟空與妖魔戰鬥百折不撓，每戰必勝，最後終於到達西天時，他被如來佛祖封為「鬥戰勝佛」，好鬥而百戰百勝，這正是孫悟空的特點。

《西遊記》中的孫悟空身上寄託著包括作者在內的廣大人民的理想和願望，孫悟空是人們心目中的神話英雄。如果說豬八戒的形象象徵著人的物慾追求，那麼，孫悟空的形象則代表著人的心靈追求，或者說是精神追求，小說中直稱孫悟空為「心猿」，表達的正是這層意蘊。「心猿」是自由的心靈，是永不衰竭的激情，是勇敢無畏的鬥爭精神，是昂揚樂觀的智者風采。這一切都在孫悟空的形象中得到了印證。

明代的文學奇人徐渭

明萬曆二十五年（一五九七年）三月，公安才子袁宏道去浙江紹興看望好友陶望齡。晚上，在陶望齡的書房中，袁宏道順手從滿架圖書中抽出一冊詩集，詩集沒有署名，紙質粗劣，刻印極差。他將詩集拿到燈下隨意翻閱，很快被作者的才氣與詩風的奇崛所吸引，他頓時如獲至寶，拍案稱奇。他大聲問陶望齡：「這冊詩的作者是誰？是古人還是今人？」陶望齡笑著說：「這是我的同鄉徐文長先生寫的。」於是兩人在燈下共讀徐文長的詩集，邊讀邊大聲叫好，甚至連熟睡中的童僕也給吵醒了。從此之後，袁宏道每逢人就稱讚徐文長的詩，稱徐文長的詩為「明詩第一」。

袁宏道所稱讚的徐文長就是明代文學奇人徐渭（一五二一—一五九三年）。徐渭字文長，號青藤山人、天池生、田水月等，浙江山陰（今紹興）人。他是一個奇才，曾廣泛涉獵文學藝術的各個領域，而且都取得了令人矚目的成就。他自稱書法第一，詩第二，文章第三，畫第四，他還沒有提及自己的戲曲創作，其實他的雜劇名作《四聲猿》是中國戲曲史上的奇葩，在當時就受到不少人的推崇。徐渭的文學藝術創作，無論是詩文、書畫，還是戲曲，都能獨樹一幟，別開生面。他的才學奇，非一般人所能比，他的人生遭際更奇，也非一般人所能遇。他身懷奇才而遭逢不佳，坎坷一生，布衣終身，他的奇特身世，奇異性格，在中國文學史上可以說是罕有其匹。

徐渭出生於一個封建小官僚的家庭，父親徐鏓是舉人出身，曾做過夔州府同知。徐渭的生母是父親繼室苗氏的婢女，母親是奴婢出身，兒子在封建家庭中就沒有多少地位可言。更不幸的是在徐渭出生百天後，父親就撒手歸天，使幼小的徐渭失去父親的庇護。嫡母苗氏沒有孩子，視徐渭為己出，對徐渭特別愛護，這就給徐渭的童年帶來一股溫暖。然而，在徐渭十歲那年，苗氏遣散家中的童僕，把徐渭的生母賣了出去，這件事給徐渭的心靈造成極大的痛苦。不幸的事接踵而至，在徐渭十四歲那年，一直呵護疼愛他的嫡母苗氏病故，使徐渭在家庭中失去唯一的依靠。嫡母死後，徐渭跟比他大二十多歲的異母兄徐淮過活，受到長兄的歧視與虐待。這一切都造成童年徐渭的心理壓抑，造成了他心靈的創傷，成為他日後人格畸變的重要因素。

在徐渭二十歲那年，由於家庭貧窮，娶不起妻子，他只好入贅到潘克敏家做了「倒踏門」的女婿，這在當時是一種頗令人感到難堪的事。好在徐渭和妻子潘似感情很好，潘似美貌多情，性格溫柔，夫妻之間如魚似水。只可惜好景不長，在徐渭二十六歲那年，潘似生下長子徐枚後得病而亡。她的死，給徐渭感情上以很大打擊。從此，在潘似死去十多年後，徐渭對她仍一往情深，寫詩悼念她。在妻子死的前一年，徐渭的兩個兄長相繼去世，兩人沒有後嗣，按理本應由徐渭繼承家產，但由於徐渭入贅潘家，按封建禮法的規定他就失去了對家庭財產的繼承權。失去家產，又失去妻子，徐渭不好在岳父家居住，便搬至紹興城東賃屋居住，以設館教童為生。

對徐渭來說，要改變自己的生活與社會地位，最好的出路是走科舉道路。徐渭少年就才華出眾，顯示出與眾不同的才能。他六歲入學，過目成誦，八歲跟老師陸如崗學習經義時文，每天早上寫滿兩三張紙的文章才去吃早飯，使老師大為驚異，認為他將來定能光大徐門。十六歲時徐渭模仿漢代揚雄的〈解嘲〉作了一篇〈釋毀〉，轟動一時，被視為神童。

同鄉沈鍊認為徐渭的才華在紹興數第一，說：「關起城門，只有這一個。」徐渭也很自負，認為憑自己的才學考科舉如同拾芥。然而造化弄人，事出意外，徐渭在科舉的路上卻屢戰屢敗。在好不容易考中秀才後，他參加三年一次的鄉試，連考八次，次次落第而回。這不能不使他感到沮喪、怨恨和痛苦，他心理上遭受的壓抑越來越大。

徐渭與胡宗憲的相知遇，使他長期遭受壓抑的心靈有了一次宣洩的機會。當時東南沿海倭患嚴重，朝廷派胡宗憲總督東南沿海的邊防，胡宗憲得到權相嚴嵩的信任，加上他抗倭有功，使他權傾東南。胡宗憲的幕府中籠絡了不少文人名士，因為徐渭在江浙一帶名聲很高，胡宗憲就把徐渭招至幕下。徐渭在胡宗憲幕府中為胡宗憲起草文書，撰寫奏啟，有時也參與軍事機密，為胡宗憲出謀劃策。一次，胡宗憲曾先後獲得一牝一牡兩隻白鹿，為了討好皇帝，胡宗憲將兩隻白鹿作為祥瑞的貢品上進嘉靖皇帝。徐渭代胡宗憲寫了〈上白鹿表〉，因表文寫得漂亮得體，很得皇帝的讚許，胡宗憲也因此得到皇帝的稱獎。此後，胡宗憲對徐渭更加看重，格外優容。在胡宗憲幕中的幾年是徐渭的才能得以發揮，狂傲的個性得以舒展的幾年。嘉靖四十一年（一五六二年），嚴嵩倒臺，緊接著胡宗憲入獄，徐渭在胡宗憲幕府的相對自由自在的日子也宣告結束，生活再一次把他推進痛苦的深淵。

嘉靖四十四年（一五六五年），由於外界環境的重壓與心理焦慮，造成徐渭精神的變異，他擔心有人害他，並為自己準備好棺材，還寫了一篇〈自為墓誌銘〉。徐渭真的採取了自殺的行動，他先是從壁上拔下一枚大鐵釘，刺入耳中，流血很多卻沒有死。後來他又用一個大鐵錐猛擊自己的睪丸，把睪丸擊碎了，人仍然沒有死，可他的狂疾的迸發給他的精神和肉體帶來極大的傷痛。徐渭的精神分裂造成他的家庭悲劇，終於走上殺妻的道路。徐渭殺死繼妻，是因為懷疑妻不貞，他因殺妻而入獄，在獄中過了七年的囚徒生活，於隆慶二年（一五七二年）被保釋出獄。

徐渭出獄後，生活窮愁潦倒，精神病時有發作，同時他偏激狂傲，憤世嫉俗的性格也進一步發展。他晚年常常靠賣詩文書畫為生，經常閉門不出，「性不喜禮法之士，所與狎者多詩侶酒人，亦復磊落可喜者」。（張汝霖〈刻徐文長佚書序〉）他厭惡與達官貴人來往，有時來訪的人把門推開，他卻從門後把門頂住，並大聲喊道：「徐某不在！」但他常和尋常百姓在一塊兒飲酒狂歡，高興了便拿詩畫隨便送人。據陶望齡的〈徐文長傳〉說，徐渭晚年將自己收藏的數千卷圖書「斥賣殆盡」。他的居處帳破蓆爛，甚至睡在草稿紙上。徐渭在晚年給自己編的年譜取名為〈畸譜〉，一個「畸」字包含著徐渭多少人生的悲酸，也顯示出他不諧世俗的狂傲個性。

徐渭身世奇特，一生坎坷，懷才不遇，理想與現實的矛盾，個性與社會的衝突，加上他所遭受的一系列挫折磨難，使他的胸中積鬱著一股抑鬱牢騷不平之氣，發而為詩文、書畫、戲曲，就形成了他文學藝術創作中奇崛狂怪的鮮明性格。

《四聲猿》：猿鳴四聲斷人腸

徐渭是晚明時期一位多才多藝的文學家。他自己曾說：「吾書第一，詩二、文三、畫四。」雖然沒有提及他的戲曲創作，但一部《四聲猿》卻在中國古代劇壇產生了深遠影響。

《四聲猿》是徐渭所作的四個短劇的合稱。猿聲哀厲，古人多藉以寫人生悲情。酈道元《水經注・江水注》中曾引用古代民謠說：「巴東三峽巫峽長，猿鳴三聲淚沾裳。」徐渭的《四聲猿》就取名於此。後人曾解釋說：「蓋猿喪子，啼四聲而腸斷，文長有感而發焉，皆不得意於時之所為也。」可見，這四個短劇中寓含著作者對現實的沉鬱的悲憤不平。他並不特別注重自己的戲劇創作，但《四聲猿》中每一個短劇都深刻揭露並批判了社會的醜惡和汙濁，是徐渭在歷經悲痛之後的抒情寫憤之作。

《四聲猿》包括〈狂鼓史〉、〈雌木蘭〉、〈女狀元〉和〈翠鄉夢〉四種，長短不一，共十出，演四個故事。

〈狂鼓史〉，又名〈漁陽弄〉，全名為〈狂鼓史漁陽三弄〉，只有一折，寫禰衡擊鼓罵曹的故事。禰衡在陰司「劫滿」，將被召天庭，閻羅殿判官將曹操從地獄中提出，要求禰衡重演當年擊鼓罵曹的快事。於是禰衡重操鼓槌，痛快淋漓地歷數曹操逼獻帝、殺伏后、奪皇位、害賢臣的種種罪狀，反映出一種蔑視權貴，敢於鬥爭的精神。劇中曹操影射嚴嵩，借古喻今，表達了對現實生活中權奸的義憤和仇視。禰衡是豪放不羈，敢於反抗權貴的文人，徐渭在劇中以禰衡自擬，也以禰衡來代表當時敢於參劾嚴嵩的文士，如他的同鄉和姐丈沈鍊，以陰司罵曹的形式，表達出對黑暗朝政的不滿和有志之士的悲憤之情，抒發自己懷才不遇、壯志難酬的憤懣。

〈雌木蘭〉、〈女狀元〉塑造了一文一武兩個少女形象。〈雌木蘭〉全名為〈雌木蘭替父從軍〉，共二折，寫的是木蘭從軍的老故事。〈女狀元〉全名為〈女狀元辭凰得鳳〉，共五折。寫女子扮男裝考中狀元的故事。黃崇嘏十二歲時父母相繼去世，與乳母相依為命，生活無著，無奈扮男裝赴試。周丞相以詩賦取士，黃崇嘏得中狀元，做了司戶參軍。她勤於政事，平反冤獄，深得民心。這兩個短劇分別塑造了兩位巾幗不讓鬚眉的女子，她倆都是女扮男裝，武能馳騁於疆場，建立奇勛；文能揚名於科場，高中狀元，充分顯示了女子的文才武略。徐渭的這兩部劇作一方面為女子揚眉吐氣，另一方面，從這兩個女子身上，我們也可以看到徐渭的心態。他是多麼的渴望自己的傑出才華能夠有用武之地啊！無論是文是武，徐渭皆自負有出眾的才能，「少年曾負請纓雄，轉眼青袍萬事空」。然而在當時的社會條件下，他的各項才能都沒能實現，只好藉兩位少女來表現自己的文才武略。所以，此二劇雖然在結尾充滿了喜劇色彩，花木蘭立功封侯，回家還女裝，與「文學朝中貴」的王郎成親，黃崇嘏也是道破實情，「做嫂入廚房」。但她們卻失去了用武之地、用智之機，正體現出徐渭對黑暗社會扼殺人才的控訴。

〈翠鄉夢〉，全名為〈玉禪師翠鄉一夢〉，共兩出。寫臨安水月寺高僧玉通，因不參拜新任府尹柳宣教，柳惱羞成怒，遣妓女紅蓮偽裝成良家婦女到寺中誘惑玉通。玉通不禁為美色所誘，破了色戒，事後驚恨不已，就坐化投胎為柳氏之女柳翠，墮落風塵做了妓女，敗壞柳家的門風，以示對柳宣教的報復。後來，經師兄月明和尚點撥，讓已轉世為女子的玉通自悟前因後果，於是柳翠出家修成了正果。關於玉通和尚戲紅蓮，月明禪師度柳翠的故事，在元雜劇中就有此類內容，明代的小說也多有涉及。徐渭早年也曾慕道參禪，對佛教有一定的理解。在此劇中，他揭示出佛門弟子「四大皆空」的虛偽性，也對封建官僚挾權行私的卑汙心理進行了批判。揭示出「佛菩薩尚且要投胎報怨，世間人怎免得欠債還錢」的思想。他寫佛教的目的，還是在於觀照現實社會。

這四個短劇，看似獨立，實則在精神實質上一脈相通。雖然都取材舊聞，實際上則意在描繪、譏刺明代的社會現實，劇中飛揚著狂傲的、憤世嫉俗的叛逆精神，蘊涵著深沉的、刻骨銘心的哀痛。因而在創作上也形成了「嬉笑怒罵」的特色，寓莊於諧，表達了對現實社會的憤怒反抗。

前人講徐渭的戲劇「皆人生至奇至怪之事，使世界駭吒震動者也」。除《四聲猿》所寫的「至奇至怪之事」外，徐渭還有另一雜劇《歌代嘯》，專寫世間種種稀奇古怪事。

《歌代嘯》是一個饒有趣味的滑稽劇。劇中涉及社會中各色人物。佛門弟子張和尚貪財如命，辛勤管理菜園希望圖利，而李和尚卻在豐收之時用蒙汗藥把張和尚、長工痲翻，偷走了全部冬瓜，並隨手偷走了張和尚的僧帽。李和尚還是個好色之徒，他與王輯迪之妻通姦。王妻為了掩飾姦情，謊稱請李和尚為其母治牙疼，藉口治岳母牙疼須灸女婿腳跟，企圖灸死王輯迪，王畏懼而逃，將妻子的衣服搶走，卻於其中發現了一頂僧帽，於是懷疑妻子與和尚有姦情，告到官府。李和尚和王妻及其母串通，嫁禍張和尚，州官顛倒是非，將張和尚發配，李和尚反而做了寺裡的住持。州官不但糊塗，而且畏妻如虎，州官夫人為迫其退堂，在衙內放火，當百姓點燈來救時，卻被訓斥懲罰。

此劇所寫皆人世間種種看似荒誕不經，卻又實情有之的社會現實，嘲諷了佛門僧徒的貪財好色，暴露了善惡不分、黑白顛倒的黑暗現實，在荒誕的情節中流露著作者對現實的嘲弄。

從徐渭的雜劇創作看，他擺脫了元雜劇陳規舊法的束縛，隨心所欲，抒懷寫憤，表現了強烈的反抗意識和創新精神，對明清戲劇的創作作出了突出貢獻。

思想家李贄對晚明文學的貢獻

晚明是中國歷史上思想解放與個性解放的時代，領導這一時代潮流的是被稱為「異端之尤」的思想家李贄。他那狂狷奇絕的個性，離經叛道的思想，卓絕超人的識見與勇氣，在當時的思想界和文學界產生了廣泛的影響。

李贄（一五二七—一六〇二年），號卓吾、宏父、溫陵居士等，福建泉州晉江人。李贄出身於一個商業世家，到了他的父親林白齋則棄商從儒。李贄自幼喪母，「莫知所長」，七歲跟父親學習詩書儀禮。十六歲時父親讓他做〈老農老圃論〉的文章，他別出心裁，把《論語．子路》中的樊遲問稼與《論語．微子》中荷蓧老人的故事聯繫在一起，寫出自己的新見解，使他的異端思想初露端倪。李贄自己說：「余自幼倔犟難化，不信學，不信道，不信仙、釋，故見道人則惡，見僧則惡，見道學先生則尤惡。」（〈陽明先生年譜後〉）從中可以看出他執拗不屈的個性。

在當時要考科舉就必須讀朱熹為經書所作的傳注，李贄在讀朱熹的傳注時，卻對其產生了懷疑與厭惡情緒，甚至要因此而放棄科舉。但因父親年老，弟妹待婚嫁，家境貧寒，作為長子的他不能置家庭於不顧。在嘉靖三十一年（一五五二年），李贄參加福建鄉試中舉，本來他可以進一步努力去考進士，但他放棄了這個念頭，以舉人的身份去做地方官。他先是到離家數千里外的河南共城任教諭，之後又到北京任禮部司務，在這時他接觸了王陽明的心學，對他的思想觸動很大。後來他又到雲南任姚安知府，在姚安任上，他減賦稅，興學校，治績斐然，得到當地百姓的稱讚。三年任滿，朝廷考察他的政績，準備擢拔他，他卻封府庫，交官印，辭職攜家眷遊山玩水而去，終於逃離了他認為齷齪不堪的官場。

自明萬曆九年（一五八一年）至萬曆三十年（一六〇二年）的這二十餘年中，李贄一直是作為流寓客子在各地奔波，求友問道，這是李贄思想的成熟時期，也是他狂狷叛逆個性的迸發時期，他的著作大都寫於這一時期。姚安辭官後，李贄不願回福建老家，而是攜家去湖北黃安，依好友耿定理定居。他時常與耿定理、周思久等人讀書論學，遊賞山水，安樂自得。但耿定理之兄耿定向是一個正統的道學家，李贄的思想性格與耿定向難以相容，兩人時常發生衝突。萬曆十二年（一五八四年）耿定理不幸亡故，李贄痛失摯友，同時他與耿定向的矛盾衝突也越來越激烈，他無法在耿家居住下去，就把妻小送回家中，自己則到湖北麻城龍湖的芝佛院住下來。臨行前，他給耿定向寫了一封名為〈與耿司寇告別〉的長信，痛快淋漓地揭露了耿定向言行不一的道學面目，稱耿定向為「賊德之鄉愿」，自稱為「狂狷」。到了龍湖的第二年，李贄做出了一件驚世駭俗的事，剃去頭髮，卻留著長長的鬍子，落髮為僧。李贄的落髮為僧，一是為了徹底擺脫家人俗務的糾纏，二是向社會挑戰，向封建衛道者示威，他在〈與僧繼泉〉的信中說：「此間無見無識人多以異端目我，故我遂為異端以成彼豎子之名。」他自認異端，常常禿頭長髯，帶領著一批追隨者出入於市井街頭，他還收了一些女弟子，與她們書信來往，講學論道。巡撫梅國禎的寡女梅澹然欽敬李贄，以師禮事李贄，李贄經常與她書信往還，稱她為「觀音」，並把他與梅澹然等女性的書信結集成書，取名《觀音問》。

李贄的這些行為引來了社會上眾多人的反對，道學家罵他是「宣淫敗俗」，朋友們勸他停止與女性的來往，李贄沒有被罵倒，也沒有被說服。他為此特地寫了一篇〈答以女人學道為見短書〉，表明自己的觀點，公開為女性辯護。李贄的行為使得當地的衛道者們惱羞成怒，他們寫信恐嚇李贄，揚言要把他趕出麻城，李贄置之不理。衛道者們又開始謀劃對李贄進行迫害，明萬曆十八年（一五九〇年）秋天，袁宏道遠道而來，專程到龍湖拜見李贄，兩人情趣相投，頓成知己之交。次年春，李贄送袁宏道到武昌，共遊黃鶴樓，卻遭到一批流氓的圍攻。就連按察湖廣的巡撫使旌賢也以大壞風化為名，揚言要把李贄驅逐出麻城。李贄被激怒了，他本打算去山西劉東星家做客，聽到這個消息，便放棄了去山西的打算，說：「史道欲以法治我則可，欲以此嚇我他去則不可。……故我可殺不可去，我頭可斷而我身不可辱。」（〈與耿可念〉）他曾寫詩明志道：「若為追歡悅世人，空勞皮骨損精神。年來寂寞從人謾，只有疏狂一老身。」（〈石潭即事四絕〉之四）李贄感到自己將不久於人世，就在龍湖芝佛院為自己建了一個葬身塔，準備死葬龍湖。然而，封建衛道者們害怕他住在龍湖，更不願他死葬龍湖，於是，在明萬曆二十八年（一六〇〇年）的冬天，他們趁李贄不在，勾結官府，雇用了一批流氓打手，以逐遊僧、毀淫寺、維持風化為名，放火焚燒了芝佛院與李贄的葬身塔，逼得李贄以七十多歲的高齡流浪他方。

李贄被逐麻城後，壯遊南北，從山西到南京，四處奔波，他還會晤了義大利傳教士利瑪竇，寫下了〈贈利西泰〉等詩。明萬曆二十九年（一六〇一年）春天，應卸任御史馬經綸的邀請，李贄北上通州，來到馬經綸家中居住。馬經綸把李贄安頓在迎福寺，讓他潛心著書。但沒有想到，封建統治者的魔爪已經向他伸來。統治者擔心李贄的北上會擾亂京師，明萬曆三十年（一六〇二年）由禮科給事中張問達上疏劾奏李贄「肆行不簡」，「惑亂人心」。明神宗立即批示：「李贄敢猖（倡）亂道，惑世誣民，便令廠衛五城嚴拿治罪。其書籍已刊未刊者令所在官司盡搜燒毀，不許存留。」（《明神宗萬曆實錄》）於是，一隊如狼似虎的錦衣衛便很快趕到通州，從病床上拖起了形容憔悴的七十六歲老人李贄，把李贄押解到北京，關進了牢獄。三月十五日，李贄趁獄吏為自己剃髮之時，奪過剃刀，割斷了自己的咽喉，血流滿地。獄吏問他：「和尚痛否？」李贄用手指在手上寫道：「不痛！」獄吏又問：「和尚何自割？」李贄又寫道：「七十老翁何所求？」兩天之後，李贄氣絕身死。他生命的最後時刻是在血泊中度過的。

作為一個傑出的思想家，李贄聰明蓋世，目空千古，他以脫俗之韻，狂狷之行，卓異之見，無畏之膽，稱量古今，批判現實。他將自己的著作名為《焚書》、《藏書》，說明他已經意識到他的思想與他的時代格格不入，更不會容於當局者，只有留於後人。他在《焚書》、《藏書》中勇翻千年之舊案，顛倒萬古之是非，罵倒一世之豪傑，如他稱讚秦始皇是「千古一帝」，說卓文君私奔司馬相如是「善擇佳偶」，並聲言「孔子之是非為不足據」等，都與當時的封建統治思想唱反調，這些思想在當時與後世產生了巨大的影響。雖然他的書遭到統治者的焚燒查禁，可愈禁其傳愈遠，以致「人挾一冊，以為奇貨」（朱國禎語）。

作為一個偉大的思想家，李贄對晚明的思想界與文學界產生了很大的影響，他不僅是晚明思想界的領袖，也是晚明文學解放的先導。

《鳴鳳記》：鳳鳴朝陽譜新曲

《鳴鳳記》是明朝的一部著名時事劇，反映的是嘉靖朝的一段政治鬥爭。

明朝嘉靖年間，皇帝荒淫昏庸，只知享樂。朝政大權逐漸旁落到奸臣嚴嵩手中。嚴嵩是我國歷史上臭名昭著的一大奸臣，早年他大奸若忠，在鈐山讀書時，人們都把當成唐代著名賢相姚崇、宋璟式的人物。然而當他一旦踏上仕途，他的本質便漸漸暴露出來。他迎合皇帝，漸漸得到嘉靖帝的信任，擔任內閣首輔達二十一年之久，可謂顯赫一世，權傾朝野。在他任職期間，任自己的兒子嚴世蕃為大官，又廣收乾兒義子，委以要職，以此來把持朝政。他排斥異己，坑害忠良，賣官鬻爵，貪汙受賄，氣燄十分囂張。許多朝臣懼怕嚴氏父子的權勢，或者諂媚於他，或者敢怒不敢言，明哲保身。但一些正直的官吏如楊繼盛、董傳策、鄒應龍等對嚴嵩的結黨營私、誤國害民行徑極為不滿，他們不畏權奸，紛紛站出來同嚴嵩作鬥爭，屢次上書朝廷彈劾嚴嵩，雖被殺頭，被流放，仍然前仆後繼，經過十餘年鬥爭，終於扳倒了嚴嵩。這段驚心動魄的朝廷鬥爭，當時就被譜成了《鳴鳳記》。

《鳴鳳記》的作者究竟為誰，目前仍無定論。有人認為是王世貞，也有認為是王世貞的門人所作，王世貞有所參與。王世貞為人正直耿介，當他任職刑部期間，錦衣衛都督、嚴嵩的黨徒陸炳私藏犯法奸徒於家中，王世貞親自帶人到他家去搜捕罪犯歸案。楊繼盛因諫奏嚴嵩罪惡獲罪問斬，王世貞又親自到刑場去哭祭，並代楊繼盛的妻子張氏起草訟冤書。可見他對嚴嵩的專權營私極為憤慨。王世貞的父親王忬曾任薊遼總督，因灤州失陷於胡虜獲罪下獄。加之嚴嵩的構陷，王忬終於被斬。王世貞也因此棄官回鄉。直到嚴嵩父子敗亡，父冤昭雪，他才重新出來做官。後人曾將《金瓶梅》當做王世貞的作品，說他在《金瓶梅》中以蔡京父子影射嚴嵩父子，並將《金瓶梅》的書頁上浸滿毒藥獻給嚴世蕃，以報父仇。而《鳴鳳記》直接揭露嚴嵩父子的罪惡，這樣看來，認為《鳴鳳記》出於王世貞之手也不無道理。

此劇本共四十一出，以真人真事為主，而略加變動。明朝嘉靖年間，夏言為首輔，力圖恢復英宗時因「土木之變」而喪失的河套地區，於是薦舉都御史曾銑率兵收復。但內閣大學士嚴嵩力主議和，他故意指使自己的心腹、總兵仇鸞按兵不動，克扣軍餉以飽私囊，斷去曾銑的援兵，使他陷入困境，損兵折將。曾銑因此被處死，夏言上本為曾銑鳴冤，嚴嵩以此為由，陷害夏言，並買通皇帝身邊的太監，將夏言問罪斬首，妻妾流放蠻荒之地。兵部主事楊繼盛因彈劾仇鸞貽誤軍機而被貶，他於貶所巧遇夏夫人，聽說了夏言被害的經過，義憤填膺。楊繼盛被赦還朝後，見嚴嵩父子仍然在朝中專橫跋扈、欺蒙皇帝。雖然不是諫官，但他為了清除權奸，仍然連夜修本，痛陳嚴嵩父子的罪惡。其祖先以鬼魂顯靈向他預示禍端，妻子張氏也委婉地以夏言、曾銑的遭遇勸他自思，不要犯顏直諫，但楊繼盛毫不動搖，依然上本彈劾，結果被押赴刑場斬首，臨刑前楊繼盛還囑咐妻子以屍諫君。張氏不勝悲憤，在法場上生祭丈夫。在楊繼盛被害後，她又代夫上本，彈劾嚴嵩，最後以身殉節，拔刀自刎。

楊繼盛的被害，激起了更多忠直之士的激憤。鄒應龍、林潤等新科進士不顧嚴嵩黨徒的拉攏、威脅，及第後徑去拜祭夏言、楊繼盛遺骸，並扯碎了嚴氏賣官鬻爵的賬簿。嚴世蕃大怒，認為他們是夏言同黨，於是將鄒應龍、林潤發放邊地。朝中大臣董傳策、吳時來、張翀等對嚴嵩弄權誤國的局面極為不滿，三人抱著必死的決心，辭母別妻，抬棺上殿，在同一日上本彈劾嚴嵩，結果被拷打、流放。鄒應龍、林潤的座師郭希顏見嚴嵩父子如此猖獗，決心「不剪奸雄死不休」，在金殿上苦諫，結果也遭嚴嵩毒手，死於非命。後來嚴黨內部產生矛盾，趙文華與鄢懋卿爭寵，互相傾軋，自相擾亂。新帝即位，鄒應龍被召回朝，他聯合孫丕揚，再次上本參奏嚴嵩，痛陳嚴黨罪惡，終於扳倒嚴嵩，使其放歸鄉里，嚴世蕃問罪充軍。而先前被害的大臣們皆得以洗冤昭雪。

《鳴鳳記》以史實為依據，用戲劇這種形式及時反映和參與了反對嚴嵩的壯烈行動。《鳴鳳記》在反映朝廷內部忠奸鬥爭，讚頌忠臣義士不怕犧牲精神的同時，對當時的社會黑暗也有所揭露。皇帝昏瞶無能，不理朝政，宦官與大官僚相互勾結，網羅奸佞小人，結黨營私，賣官鬻爵；對外則採取苟且偷安、屈辱退讓的政策，東南沿海倭患嚴重，將領抗倭無方，反而乘機擄掠，屠殺百姓以冒領軍功，這些都是嘉靖朝的真實社會狀況。

《鳴鳳記》寫本朝時事，卻敢於揭露當時的現實，確實顯示出非凡的勇氣。作為中國戲曲史上第一部著力描寫當代政治事變的現代戲，其鮮明的政治傾向、大膽的鬥爭精神以及干預時政的迅速及時，確實有發聾振聵的作用。

中國文學史第一奇書：《金瓶梅》

《金瓶梅》號稱是中國文學史上的第一奇書。它的奇表現在很多方面，其中最奇特最具有魅力的是它的作者之謎。自它面世後迄今大約四百個春秋，它的作者到底是誰？一直是《金瓶梅》研究中爭論最多的也是最熱門的話題。

早在《金瓶梅》面世之時，人們就不知道它的作者的名字，最早談到《金瓶梅》的袁宏道等人也不知作者是誰。現存最早的《金瓶梅》刊本萬曆本《金瓶梅詞話》沒有作者的署名，前面有一篇署名「欣欣子」的序，序中稱《金瓶梅》是他的朋友蘭陵笑笑生所作，但很顯然「欣欣子」和「笑笑生」都是化名，人們據此仍然難以知道作者的真實姓名。

在上述諸多作者候選人中，流行較早影響較大的是王世貞作《金瓶梅》說。在明清易代之時，王世貞作《金瓶梅》的說法很流行。而自清代以降，王世貞作《金瓶梅》的說法成為三百年間占主導地位的說法。

《金瓶梅》的男主角西門慶是一個兼具官僚性質的商人，是晚明社會中的一個亦官亦商、官商一體的暴發戶典型。他一生中的全部活動是以經商為基礎，以官僚身份為商業的保護傘。他的性格是貪財、好色和享受。從表面上看，作品寫了西門慶家庭興衰變化的歷程，是西門慶短暫一生的榮枯史，實際上卻是寫出了當時整個中國社會的腐敗圖景。他為財色而生，又因縱慾無度而死，這不啻是一齣人生悲劇。

西門慶原是個浮浪子弟，破落戶財主出身，祖業只有一個生藥舖，資本並不雄厚，到他死時已積聚了十數萬銀子的家業，而他生前豪華的享受，無數的飲宴，數不清的賄賂，更不知花去了多少銀兩。西門慶財產的來源有三個方面，一是妻妾們帶給他的數量可觀的財產，二是利用官職受賄，三是商業經營有方。他的暴發，主要是靠商業上的暴利。

他騙娶富孀孟玉樓、花太監侄媳李瓶兒，侵吞了親家陳洪的細軟箱籠等，發了幾筆橫財，資金才逐漸雄厚起來，這在西門慶日後的商業經營中起了很大作用。他在商業經營中，既長於經紀，又以官身作庇護，藉著官商勾結的優勢而暴發。由於他善於交通官吏，不僅與縣官、巡撫關係密切，更和稅吏打得火熱，既可得到經營官商的機會，又可逃避或少交官稅，使他在商業競爭中占有很大的優勢。他利用手中的職權和朝中的後臺，獨攬內廷進奉，以賺取大量金銀。他通過賄賂官府與販鹽引，以千餘兩銀子作本錢買了三萬鹽引，獲得了相當可觀的利潤，又利用這些利潤在南方購買絲綢等貨物到北方販賣，賺了數萬兩銀子。他包占朝廷坐派的古器買賣，比一般商人更為便利地牟取暴利。他又用這些資金放高利貸，開設當舖、緞子舖、綢絹舖，又在外邊江湖走標船，把設店經營與長途販運相結合，經商規模越來越大，商業資本越積越厚。西門慶稱得上是經商裡手，有一套生意經。

生活的實踐使西門慶深深懂得金錢在社會生活中有著顛倒黑白、左右一切的巨大威力。他躋身官場靠的是錢，他敢於藐視法律制度，干了許多壞事而不受制裁靠的是錢，朝中許多大官僚願和他交往，也是看在他的錢財份上。在西門慶看來，不管是人還是神，都不過是金錢的奴隸。他曾得意忘形地說：「咱聞佛祖西天，也只不過黃金鋪地，陰司十殿，也要褚鏹營求。咱只消盡這家私廣為善事，就使強姦了嫦娥，和奸了織女，拐了許飛瓊，盜了西王母的女兒，也不減我潑天富貴。」這段話深刻反映了他對金錢的無限崇拜和錢可通神的市儈哲學。這時的西門慶，對人生、社會有了比較深刻的了解，他把財、權、色三者巧妙地統一於一體，又緊緊抓住財和權勢不放，在他生命的後期，更懂得權勢對實現他的財色欲求的重要性。比以前更主動地去尋找靠山，和上層統治集團更緊密地勾結在一起。

他先是和朝中的大員楊戩的同黨陳洪做了親家，雖然陳洪的官階不高，但卻是西門慶上攀的中介人，起著不可小視的作用。他和潘金蓮一起害死武大的案發，通過陳洪賄賂楊戩、蔡京和陳府尹，才死裡逃生，此事讓他明白無後臺寸步難行。「寧給事劾倒楊提督」一案，更使西門慶認識到交通權貴的重要，西門慶又是通過賄賂逃脫了懲罰。西門慶在金錢的保護下，不僅屢屢得救，還因禍得福，蔡京送給他一個提刑副千戶，他繼而又拜蔡京做乾爹，成為蔡太師府的上賓。滿京城的大小官員誰不知暴發戶西門慶的大名，京中的要員到外地巡察總要到清河西門慶的府中逍遙一番，西門慶不僅用山珍海味招待，美女陪伴，還要送大批的盤纏。強有力的政治後臺和手中握有的權力，加上暴發的巨額財富，使他在黑暗的政治舞臺上，做出了許多醜惡的表演。特別是他善於利用官勢保護自己的商業利益，不僅成了清河縣的首富，而且在全省出了名。

隨著財勢的迅速膨脹，西門慶對女色的占有慾也越來越強烈，也即是說，西門慶這個頗具時代特徵的商人典型，構成他生活最終目標的卻是對女性的占有和征服，這也是作品故事情節的主旋律。甚至可以說他躋身於官員的行列，並不是想在政治上建功立業，是為了更方便地賺錢，為了更有權勢地占有和征服女性；他也只有通過占有女人，才能把對占有權勢、占有金錢的成功感真切地表達出來，他利用各種手段占有的一妻五妾就是這種占有慾的證明。他一方面占有了眾多的女人，一方面在臨死時叮囑他的妻妾為他守節，「休要失散了，惹人家笑話」，守住他的財產。這是癡人說夢，自欺欺人的混話，他的暴發就是憑藉謀取別人的妻財發達起來的，當他這棵大樹倒下，自然是樹倒猢猻散，妻妾們失去了依靠、保障，分崩離析勢所必然。更何況他的妻妾們一直處於激烈的矛盾鬥爭中，一個個像烏眼雞一樣，鬥爭的焦點是爭奪西門慶的寵愛和家主母的地位。西門慶活著時，不管這種明爭暗鬥如何激烈，有西門慶在中間調解，鬥爭雖然時急時緩，但整個家庭不會分崩瓦解；一旦西門慶死去，情況就發生了根本性的變化，原先的矛盾更加複雜，鬥爭更加激烈，達到白熾化。正妻吳月娘操起妻正妾偏、妻尊妾卑的倫理大棒，以快刀斬亂麻的態勢，將她的敵手一個個發落，使西門慶顯赫一時的大家庭徹底分崩瓦解了。

吳月娘以潘金蓮、龐春梅與陳經濟三人白晝淫亂為把柄，先後賣掉了龐春梅和潘金蓮，又把陳經濟趕出家門。月娘所以這樣做，是因為潘金蓮與吳月娘的積怨太深，潘金蓮爭寵鬥強、迎姦賣俏的手段遠高於月娘，使西門慶常常冷落了月娘；潘金蓮的愛咬群兒，搞得西門慶家反宅亂，這對主持家政的正妻月娘來說，無異於處處刁難；而潘金蓮慫恿心腹丫鬟龐春梅斥罵月娘請來的客人申二姐，把月娘氣得要死不活，月娘認為這無異於向她奪權；而李瓶兒母子被潘金蓮暗害死，使月娘認清了她的嫉妒、兇狠、害人精的面目，李瓶兒死前一再提醒月娘須提防潘金蓮暗算的話使她銘記在心。所以當西門慶死後，月娘便先賣掉潘金蓮的心腹龐春梅，又像趕一隻狗一樣把潘金蓮交給王婆處理。李嬌兒早已拐財歸院；孟玉樓本是個有財產有地位的孀婦，她被西門慶騙娶後沒有得到西門慶的寵愛，故她不願為西門慶守寡而耽誤了自己的青春；孫雪娥在西門慶妻妾中的地位最低、最不受寵，她看到潘金蓮等人的被賣，李嬌兒、孟玉樓等人各奔前程，尋找自己的歸宿，便不肯陪月娘守節下去，和來旺私奔了。西門慶的大家庭隨著眾妾們的紛紛改嫁而分崩離析了，西門慶生前積聚的金銀財富也很快地因眾奴僕的侵吞以及眾幫閑們的暗算大量散失了。西門慶的發家史，從多方面向我們剖析了那個時代社會制度、家庭制度、婚姻制度、奴婢制度所造成的罪惡與不幸，並且將建立在財勢關係上的人情冷暖、世態炎涼深刻地概括出來。一部《金瓶梅》就是西門慶這個商人的發跡史與衰亡史。

「臨川四夢」傳天下的湯顯祖

當莎士比亞以其輝煌劇作轟動英國舞臺的時候，中國的戲曲家湯顯祖也成了輝耀明代劇壇的明星。雖然在劇本數量上，湯顯祖比不過莎士比亞，但就作品的藝術成就而言，湯顯祖可以說是世界級的戲劇大師。他的「臨川四夢」（《牡丹亭》、《紫釵記》、《南柯記》、《邯鄲記》，）又名「玉茗堂四夢」，至今仍廣為流傳，堪稱是戲曲文學的精品。

湯顯祖（一五五〇—一六一六年），字義仍，號海若，又號若士，自署清遠道人，江西臨川人。他從小就十分聰穎，十三歲時，因談論「形而上者謂之道，形而下者謂之器」的哲學命題，被督學所讚賞，成為秀才。二十一歲又中了舉人。他的祖父母篤信道教，湯顯祖自幼即接受道教的薰陶。然而封建士大夫家庭的出路在於讀書求仕，因而他的家庭對他的教育不遺餘力，他早年受教於徐良傳、羅汝芳。羅汝芳是明代泰州學派的大師，湯顯祖從他那裡接受了王學左派思想，對他以後創作《牡丹亭》那樣以情反理的傑作產生了一定影響。湯顯祖早年胸懷大志，希圖通過科舉考試進取功名，施展抱負。可惜他生不逢時，與一代名相張居正的兒子們同場競爭，再加上才名遠播天下又秉性驕傲、正直，必然要遭到挫折。

湯顯祖曾說：「一生四夢，得意處唯在《牡丹》。」《牡丹亭》代表了湯顯祖的最高成就，是明傳奇中最優秀的作品，也是中國戲曲史上的一部浪漫主義傑作。《牡丹亭》全名為《牡丹亭還魂記》，又名《還魂記》。取材於明代擬話本《杜麗娘慕色還魂》。杜麗娘是南安太守杜寶的獨生愛女，從小受到嚴格的封建教育，雖從未接觸過青年男子，但隨著年齡的增長，懷春慕色之情卻本能地油然而生。一日私遊花園做了一個美夢，在夢中與一青年書生歡會。從此，她懷想成病，一病不起，慕色而亡。彌留之時，要求將其自畫像藏於夢中的幽會之所——太湖石下。杜寶升官離任，嶺南書生柳夢梅路經梅花觀，拾到畫像，十分喜歡畫中女子，日日求拜。杜麗娘死後三年，一直在尋找夢中情人，聽到柳夢梅呼喚，見其果是夢中歡會的男子，遂與其幽會，並囑柳夢梅掘墓開棺，結果杜麗娘復活，二人結為夫妻，同到臨安參加考試。杜寶升任安撫使，鎮守揚州，被叛軍圍困。柳夢梅參加進士試後，因金兵入侵，朝廷延誤了放榜，受麗娘之託，到揚州去向岳父通告麗娘回生之喜，結果被杜寶以盜墓之罪扣押，並遭到拷打。恰好朝廷放榜，柳夢梅高中狀元。杜寶也因功還朝，但拒絕和女兒女婿相認，後經皇帝調停，才父女夫妻團圓。這是一部帶有現代色彩的戲劇，杜麗娘的夢境是其平日遭到壓抑的心理狀態和自我意識的流露，她的一夢而亡揭露了封建禮教對合理人性的扼殺。而杜麗娘與柳夢梅的大膽私自結合，則反映了男女之情的不可抑制的巨大力量，肯定了男女之情的美好與合理性。《牡丹亭》一經問世，便產生了巨大而深遠的影響，在當時，就已經是「家傳戶誦，幾令西廂減價」。在後世的舞臺上，更是經久不衰。

《紫釵記》是湯顯祖根據其早年作品《紫簫記》改編而成的，主要取材於唐代蔣防的傳奇小說〈霍小玉傳〉，描寫李益和霍小玉的愛情故事，但改變了小說中李益負心，霍小玉含恨而死的情節。劇中講李益是前朝丞相之子，流寓長安，在元宵佳節燈月交輝的晚上拾得霍小玉所遺紫玉釵，二人互露愛慕之情，後結為夫妻。不久，李益高中狀元，因為不願去參見盧太尉，就被派到邊境的軍隊裡供職，期滿以後又改調孟門。後因立了軍功返朝，盧太尉欲招其為婿，李益婉拒，不願意同盧小姐成親，被拘制於盧府。小玉見李益一去不歸，十分焦急，多方探聽消息，聽說李益議婚於盧府，懷疑不信，為了籌措探訪李益消息之資不惜賣掉衣服首飾，甚至賣掉了定情之物玉釵。結果知道玉釵被盧太尉買去為盧小姐在與李益成親時插戴，頓時泣下如雨，撒掉了賣釵所得的上百萬錢，直至痛苦成疾。而盧太尉購得玉釵後，向李益偽稱小玉已改嫁，李益信以為真。有一黃衫豪士為霍小玉真情所感動，認為李益負心，乃命胡奴以駿馬載李益至小玉處，結果真相大白，夫妻團圓。

《邯鄲記》是根據唐代沈既濟的傳奇小說〈枕中記〉改編。作品寫呂洞賓以磁枕使盧生入夢，在夢中，盧生這個不得志的窮書生遇到姓崔的闊小姐，這個闊小姐逼迫他與自己成婚，並用金錢為盧生買通司禮監高力士和滿朝勳貴，使他狀元及第。但因不曾逢迎權相宇文融而遭到謀算，因偷寫夫人誥命被貶為陝州知州，因開河的功勛升為御史中丞兼河西隴右四道節度使，最後直至拜相，享盡榮華，八十而卒。醒來知為一夢，乃拜呂洞賓為師，學道成仙。從他的宦海沉浮中反映了官場的黑暗。而盧生為相後，皇帝欽賜了大量的土地，敕造了幾十所園林，分撥了二十四名美女，生活淫逸無恥，又暴露了統治階級的荒淫腐朽。湯顯祖在劇中實際上是對晚明政治的腐敗做了揭露，反映了他對當代政治的不滿。

《南柯記》根據唐代李公佐的傳奇小說〈南柯太守傳〉寫成，基本上忠於原作。寫淳于棼庭中有一古槐，一日酒醉夢有使者來迎接，便進了一個洞穴，至大槐安國，國王招其為駙馬並任為南柯郡太守，仁政愛民，頗受愛戴。後回朝拜相，大權在握，意態更驕縱，終因穢亂後宮，被遣回。醒後才知道大槐安國就是庭中古槐中的蟻洞，於是請一老僧超度群蟻升天，淳于棼也醒悟而坐化成佛。這個作品也對現實政治的黑暗進行了諷刺，具有積極的現實意義。

「臨川四夢」一經問世，便馬上付諸演出，在湯顯祖的周圍形成了陣容強大的演出團體，他們經常上演湯顯祖的劇作，使之傳播到全國各地，並流傳下來。特別是《牡丹亭》的魅力，至今未衰。

沈璟筆下的戲劇故事

晚明時期，戲曲舞臺上出現了兩大流派，即吳江派與臨川派。臨川派的為首人物就是湯顯祖，因為湯顯祖是江西臨川人，所以這一派稱為臨川派。吳江派是以沈璟為代表人物的另一個戲曲流派。沈璟是吳江人，在他的影響下，出現了一大批用崑山腔創作傳奇的作家和戲曲理論家，戲曲史上稱為吳江派。

沈璟（一五三三－一六一〇年），字伯英，號寧庵，又號詞隱。他生長在一個傳統思想非常濃厚的家庭。曾祖父沈漢曾經做過刑科給事中，以反對宦官、指斥時政、直言抗爭聞名朝野。他的祖父、父親都受過嚴格的傳統思想教育。沈璟的父親是「平生竭財聚精於讀書教子」，「訓督諸子嚴急」。沈璟的老師唐樞為當時的理學大師。在這種環境中生活的沈璟，從小就受到理學的薰陶，形成了嚴謹、正統的為人風格。他為人講究品格節操，崇尚封建傳統道德。萬曆二年（一五七四年）沈璟中了進士，步入仕途。曾先後在兵部、禮部和吏部任主事、員外郎。當時的神宗皇帝非常寵愛鄭貴妃，而皇長子的母親王恭妃卻受到冷落，大臣們恐怕皇帝因愛鄭氏而不立長子為儲，因而紛紛上疏，請早立皇太子，沈璟也參與了這一運動，因此觸怒皇帝，受到連降三級的處分，貶為行人司司正。萬曆十六年（一五八八年），沈璟任順天府鄉試同考官。這次考試，有許多朝中重臣的親屬參加且大都被錄用，因此與此次考試有關的人遭到朝中大臣的彈劾，沈璟作為副主考自然難逃其咎。於是，第二年，沈璟便告病還鄉，當時，沈璟年僅三十五歲，正值壯年。退隱歸家後，他寄情於詞曲，自號為「詞隱生」，把主要的精力全都用在了戲曲創作和理論倡導上。

沈璟的家鄉吳江是一個歌舞之鄉，晚明時，這裡產生了許多戲曲家和戲曲演員，對戲曲的發展產生了極大的推進作用。沈璟本人又妙解音律，善於歌唱，曾經和兄妹一起登場演戲。歸隱之後，他這種為官時被壓抑的愛好便獲得了釋放。他和同鄉人顧大典一起蓄養家伎，以供素日演戲觀劇。每當有客人相訪，也與人家談論戲曲的演唱，甚至談論一天也毫無倦意。他主張戲曲作品要講究聲律，語言要本色。他的這種戲曲主張，得到了一些戲曲家的支持和響應，他們追隨沈璟，形成了吳江派這一重要流派。

沈璟的戲曲活動，絕不僅僅是為了消遣娛樂，他創作戲曲帶有強烈的目的性。他共創作了十七種戲曲作品，以其書齋名為「屬玉堂」，故總稱為《屬玉堂傳奇》。呂天成認為「先生（沈璟）諸傳奇，命意皆主風世。」

可見，沈璟是以戲曲作品來宣揚封建的倫理道德，從而影響整個社會風尚。作為封建傳統道德的忠實擁護者，他的作品必然要顯示出這種思想傾向。

《屬玉堂傳奇》十七種，今尚存者有《紅蕖記》、《埋劍記》、《雙魚記》、《義俠記》、《桃符記》、《墜釵記》、《博笑記》七種。另外還有一部作品《十孝記》，分別寫歷代十個有名的孝子的故事，體裁類似雜劇，已失傳。在如此眾多的作品中，較有影響的是《義俠記》、《桃符記》和《紅蕖記》三種。

《義俠記》是沈璟最負盛名的戲曲作品。此劇的主要情節本於《水滸傳》中武松的故事。從景陽岡打虎起至上梁山被招安止。儘管劇中對潘金蓮、西門慶、張都監、蔣門神等人物的刻畫大體符合小說原貌，但從文學角度來衡量，比原著的文學價值相差很多。特別是主人公武松，更失去了英雄色彩，被刻畫成一個士大夫式的人物。他雖然被迫上了梁山，但他並不想背叛朝廷，並經常感慨君恩未報，日夜盼望招安。為了突出倫常道德，沈璟還在劇中增加了一個從小就與武松訂有婚約的賈若真，這是一個典型的節婦，她苦守婚約，經過幾番周折，終於尋訪到武松，夫妻團聚。沈璟的創作意圖是以此來宣揚一種「忠義」思想，所謂「忠義事存忠義傳，太平人唱太平歌」，似乎只要有了忠義，社會便太平安定了。沈璟選取武松的故事為劇作題材，受到了人們的喜愛，雖然劇作在文學性上比不上《水滸傳》，但在當時卻是經常上演於舞臺。特別是增添了武松的妻子賈氏這一人物，更是一種創造。

《桃符記》根據元代鄭廷玉的《包龍圖智勘後庭花》雜劇改編而成。原劇寫皇帝賜給趙廉訪使一個叫王翠鸞的女子，趙夫人卻怕她將來生育子女，損害自己的利益，於是命堂侯官王慶謀害王翠鸞和她的母親。王慶則強迫走卒李順去辦這件事，李順卻將母女二人放走。王慶因與李妻有姦情，又合謀殺死李順，沉屍於井底。王翠鸞倉皇中與母親離散，投宿店中，王小二強迫其成親，翠鸞被嚇死，也被沉屍於井中。她的鬼魂與赴京趕考的秀才劉天義相愛，互贈〈後庭花〉。他們的幽情被王母察覺，因不見女兒，遂告至包公那裡。包公以翠鸞贈劉天義的桃符為線索，經過精心調查，終於破了兩件人命公案。沈璟的《桃符記》情節與原著基本相同，但將王翠鸞改名為裴青鸞，並增加了城隍助其死而復生、與劉天義結為夫婦的情節。沈璟以這個作品暴露了封建社會「人情翻覆似波瀾」的險惡世情。

《紅蕖記》是沈璟創作的第一部戲曲作品。它是根據唐傳奇〈鄭德磷傳〉改編而成的。書生鄭德磷與鹽商的女兒韋楚雲在洞庭湖邊相遇，一見鍾情，便互相題贈。經過一番波折，在洞庭湖龍王的幫助下，最終結為夫婦。因二人的結合是以紅芙蕖為信物，故以之為劇名。其中還穿插了崔希周和曾麗玉二人的愛情故事。劇中多有巧合情節，文采斐然，在沈璟的諸多劇作中顯得十分獨特。

此外，《墜釵記》（又名《一種情》）演述崔興哥與何興娘的愛情故事，其中宣揚了青年女子對愛情的生死以求，儘管作品中還雜有一些道德說教，但仍可看出晚明時期「情」的宣揚在沈璟身上也刻下了痕跡。

沈璟的戲曲創作雖然很多，但他之所以能成宗立派，成為吳江派的領袖，還在於他的戲曲理論。沈璟的理論散見於他所寫的一些文章和他的門生的轉述中。沈璟認為寫傳奇要嚴守格律，在句法、用韻和用字上都要合律依腔。並且還主張崇尚本色，也就是要求傳奇的語言通俗易懂、樸實自然。

作為一名戲曲理論家，沈璟在戲曲史上的主要貢獻在於他的《南九宮十三調曲譜》。這是他根據嘉靖時蔣孝的《南九宮十調曲譜》增補修訂而成的，對南曲曲律有許多精深獨到的見解，被視為曲家法則。

沈璟在戲曲創作和理論倡導上，都有不小的成績，被許多戲曲家視為曲壇盟主。當時，以沈璟為宗師的戲曲家還有呂天成、沈自晉、葉憲祖、王驥德、馮夢龍、范文若、袁于令、卜世臣等一大批優秀戲曲作家。

《博笑記》：笑嘲人世醜態

《博笑記》是沈璟「屬玉堂傳奇」中創作最晚的一部作品，在結構形式上十分獨特。這部作品由十個互不相關的小故事組成，這種體制形式是沈璟吸收雜劇的創作特點，對傳奇體制的創新。在風格上，《博笑記》是以滑稽嘲諷為主的喜劇，揭露和諷刺的對象涉及了當時社會中形形色色的人物。

《博笑記》中十個故事長短不一，有的兩出，有的則有四出。在劇作的第一出中，總列出十個故事的名目，接下來便依次搬演。在兩個短劇之間，用「××演過，××登場」作為串聯。如〈巫舉人痴心得妾〉演完之後，由其中一個角色說：「巫孝廉事演過，乜縣丞登場。」由此引出〈乜縣丞竟日昏眠〉的故事，過渡自然而富有新意。

〈巫舉人痴心得妾〉是劇本的第一個故事。這個故事與凌濛初《初刻拍案驚奇》中的小說〈張溜兒熟布迷魂局，陸蕙娘立決到頭緣〉為同一題材，但戲曲要早於小說。揚州書生巫嗣真到京城參加鄉試，試畢覺得考得十分得意，便邀友人到城外郊遊。三人正在一酒肆中飲酒，忽然見一個素服女子騎一頭毛驢經過。巫生見女子美貌標致，很是動心，於是慌忙告別了朋友，尾追女子而去。不久，那女子進了一所院子，巫嗣真戀戀不去。這時院中走出一人，自言為女子「家人」，他斥責巫生窺視私宅。巫生不顧責難，探聽女子身份。「家人」告訴巫生此女新近死了丈夫，如若巫生願意娶她，可以為其保媒，只要白銀一百五十兩，便可馬上成親。巫生欣然回住處取來銀子，交付與「家人」，並贈其謝禮，然後娶回了那個女子。新婚之夜，新娘不飲酒不睡覺，而問巫生是否真心相愛，巫生對天盟誓以表誠意，新娘見其誠信可靠，於是告訴他實情。原來這個女子與自稱為其「家人」者是夫妻，穿素衣外出那日是為祭母，而非喪夫。其夫見巫生癡心，又是外鄉人因而設下此計來詐騙錢財，明日一早，其夫將帶人來毒打巫生，奪回新娘。女子感巫生真心，不願再與丈夫過這種詐人錢財的生活，決意趁機逃脫。於是和巫生趁夜搬入巫生的朋友家中。天將明時，其夫果然帶眾人持棍來尋鬧，卻不見了妻子與巫生，大哭上當，撞死在四牌樓。這時，報喜人來報知巫生考中舉人，於是巫生與女子真成夫妻。這個故事反映了明中後期市井人心奸詐與不顧廉恥的風氣。

第二個故事是〈乜縣丞竟日昏眠〉。本事出自《雅謔》，共兩出。寫崇明縣乜縣丞不學無術，當地一秀才為賀其上任，帶來了一些禮物，怕乜縣丞不收，故而寫上「將敬」，結果惹得乜縣丞大怒，要究治秀才，秀才嚇得一溜煙走了，而秀才的僕人被縣丞打了二十杖，並擄起來。鄉宦也來拜賀，見乜縣丞在衙內打人亂嚷，認為他是一個顛人。過了一會兒，乜縣丞竟然打盹昏睡了。鄉官見此情景便回去了。縣丞醒後知道這種情況，認為鄉官十分知趣，準備回拜，於是帶領衙役前去拜訪，在等候主人出來時竟然又睡著了。鄉官出來見縣丞睡著了，也相對打起盹來。乜縣丞醒來，見鄉官睡著了，便繼續再睡，天黑時醒來，見鄉宦未醒，只好改日再來。這個故事對當時官吏的昏庸無能、精神空虛的狀況諷刺得入木三分。

第三個故事〈邪心婦開門遇虎〉，共兩出。寫龍潭這個地方有一個寡婦與婆婆一同生活，一天婆婆被其女兒派人接去小住。臨行前，婆婆一再叮囑兒媳要謹守門戶。婆婆一走，寡婦閂門閉戶。有一過客名常循理經過龍潭，聽說這裡有虎出沒。傍晚時找人家投宿，恰好見有一戶人家，敲門借宿。寡婦稱自己是寡居之人，不能留男人借宿。常循理再三哀懇，寡婦才允許他在院裡的草堆上過夜。夜間，寡婦聽到叩門聲，以為是常循理來求歡，便說自己是貞潔婦人，不能使男人靠近。過了一會兒，敲門聲又響起來，寡婦說明日婆婆回來知道絕不罷休。雖然拒絕，卻很是動心。過了一會兒，又有敲門聲，寡婦以為過客真心愛她，便開門相迎，結果一開門便被老虎咬住拖入深山吃掉了。常循理十分驚恐，天明奔告到鄰村，鄰村百姓見血跡直至深山，而常循理睡在院中草堆上卻安然無恙，便認為是二人私通，見有虎來故意開門害死了寡婦。婆婆歸來，告到官府，官府罰常循理出錢燒埋寡婦。這個故事從封建道德出發，諷刺了寡婦的不貞。

第四個故事〈起復官遘難身全〉，共三出。有一個州縣屬官叫忠靖，長得非常肥胖，當他任職期滿後，便到京城候補，途中投宿空空寺。老僧命手下僧人以藥酒相待，忠靖喝下後如癡如啞，又剃掉他的頭髮，裝扮成僧人，每天給他吃大魚大肉，準備養他三個月，使他面白如玉，手腳綿軟，披上袈裟坐在禪床上冒充活佛，哄騙錢財來供寺僧享用。果然一聽說寺中有活佛，善男信女都來朝拜，施捨錢財。州官也聽說這件事，派人來請活佛到衙中供奉。寺僧不敢違命，又恐露了破綻，只得一同前往。但終於還是發現了活佛的虛偽之處，於是拷打寺僧，寺僧招認了事情的全部，忠靖因而得救。故事對僧人的作惡不法進行了揭露，從而反映了宗教的虛偽性。

第五個故事〈惡少年誤鬻妻室〉，共三出。寫一家兄弟二人，大哥外出經商五年音信全無，弟弟以為其兄已死，欲勸大嫂嫁人，以圖大哥家產。見大嫂不肯改嫁，於是便找人假傳凶信，告訴大嫂，大哥已死，又偷偷將大嫂賣與外地一客商，商定當夜派人來強娶，見頭戴白布帽子髻者便逕直簇擁而去。後因分贓不公，消息被洩露給大嫂。大嫂將計就計，將白帽子髻與弟婦相換，說今夜準備嫁人，戴白帽子髻不吉利，於是弟婦欣然同意。客商差人來娶親，見戴白帽子髻婦人，便強搶入轎抬走。這時大哥返鄉，夫妻相見，大嫂告訴丈夫事情經過。而弟弟以為大嫂已被客商抬走，欣然返家，卻不見了自己的妻子，而大嫂安然無恙，才知道自己聰明反被聰明誤，於是無臉見家人，倉皇而去。

第六個故事為〈諸蕩子計賺金錢〉，共四出。蘇州城內兩個無賴漢名索老相和小火囤。二人見閶門外無名觀中有一道人極富，而人又呆板，便設計詐騙其錢財。便找來一個專演婦人的標緻小旦，扮成婦人到道觀投宿。觀中小道士果然上當，不聽住持勸說，留婦人過夜。忽然索老相帶人趕來捉姦，小道士又驚又怕，拿出一百二十兩銀子，其中二十兩作為小旦的遮羞錢。而索老相等人心猶未足，又設一計，讓另一無賴叫能盡情的前往道觀告訴道士實情，並假意要替道士寫狀紙去告索老相等人。道士怕人知道，不願告狀，又被能盡情詐去十六兩銀子。後來道士忍無可忍，便告到官府。一伙無賴都被抓獲並判杖責發配。這個故事反映了當時社會風氣的墮落。

第七個故事為〈安處善臨危禍免〉，共四出。池州府建德縣百姓安處善，家中貧困，一日到財主家借貸，返家途中遇到一隻猛虎，他十分恐懼，跌倒在地。但老虎只舔了舔他，並沒有吃他。安處善於是向老虎跪下訴說家中窘狀，希望老虎能許他先將穀米送與家中老母，然後再來受死。老虎點頭搖尾而去。而銅陵貧生與妻子乘船來建德，船伕圖謀其妻，將貧生騙至岸上打死，然後騙其妻成婚。貧妻欲見丈夫屍體後方才改嫁，二人遂上岸，途中亦遇老虎，船夫被虎啣走。而貧婦聽說貧生死而復生並去縣衙狀告船夫，於是去尋丈夫，夫婦團聚。當地土地神告知他們說老虎專吃前世惡人，安處善因事母甚孝所以免除厄運，船夫謀人性命，難免被吃。這個故事宣講了善惡報應思想。

第八個故事是〈穿窬人隱德辨冤〉，共兩出。有一人十分好賭，他的妻子多次勸阻，仍不思改過，家產幾乎敗盡。一日忽然贏銀四十兩，妻子欲以這筆錢購置家當，賭徒不肯，二人於是發生爭吵。其妻無奈去後房上吊。有一小偷知道賭徒贏錢，夜間穿牆而入室，見有人上吊遂發出驚叫，賭徒因而趕來救了妻子。為謝救命之恩，賭徒將所贏銀子分一半與小偷，互勸改過，今後一個不再偷，一個不再賭。

第九個故事〈賣臉客擒妖得婦〉，共兩出。寫有一老翁名古吾言，膝下有一兒一女。古老漢兒子外出經商，女兒二十未嫁，卻被妖魔纏身，白日昏睡，夜則濃妝與妖精調笑。古老漢多方尋人降妖，卻無人能奈何妖精。一日大雨，有一個賣假面的青年前來投宿，老漢心煩不願接納，青年無奈，只得宿其門外，又取火來烘假面。妖精降臨，見到假面十分害怕。青年有意嚇唬妖精，知其為水塘中黑魚精。青年命其不可再來，從此，果然不再有妖精前來騷擾。青年又下池塘中捉出黑魚精，烹燒吃掉。古老漢大喜，擇日命小姐與他成親。

第十個故事〈英雄將出獵行權〉，共三出。有兩個強盜強奪民女，天亮時怕人看見，便將少女藏在一口枯井中，擬於晚間再將她接走。臨行前，用石塊遮住了井口。有一將軍出獵行經此處，聞井中有人呼救，於是命手下移開大石，救出少女，問清了原因，並將少女隨馬帶走。打獵時，將軍射中一對豺狼，便將它們放入枯井中，上面仍壓石塊。傍晚，二盜來至枯井，見石塊未動，以為少女還在枯井中，便抬下石塊，這時豺狼跳出，咬死了二盜，而將軍也娶少女做了小夫人。

沈璟的《博笑記》中的十則小故事，主人公是和尚、道士、騙子、寡婦、商販、小偷、賭徒、下級官吏等人物，完全與以往傳奇作品以才子佳人、古代名賢為主人公不同。雖然人物有些漫畫化，也不夠形象生動，目的卻是戒淫警盜，懲惡揚善，但其中也不乏一些落後的封建道統思想，如〈邪心婦開門遇虎〉宣揚封建貞節觀念，嘲笑寡婦的合理要求，這是不值得肯定的。它最突出的特色在於形式，由十個獨立的故事組成，前人認為「若此記則又特創新體，多采異聞，每一事為幾出，合數事為一記，既不若雜劇之構於四折，又不若傳奇之強為穿插」。這種結構形式確實是獨標一格。

陸氏兄弟合力寫《明珠》

唐末薛調的傳奇〈無雙傳〉描寫了封建社會動盪年代中男女青年真摯感人的愛情故事，曲折生動，是一篇優秀的小說。後人以此為素材，多次對它進行改編，元代有雜劇《王仙客》，後來又有南戲《無雙傳》，明代書生陸采兄弟在前人成就之上將它改為南戲《明珠記》，藝術上更為成熟。

陸采（一四九七－一五三七年），初名灼，更名采，字子玄。長州人。因為長州附近有山叫天池山，陸采因而又自號天池山人，別號清癡叟。他的哥哥陸煥、陸粲都是有名的才子，早年兄弟三人互為師友，互相學習，被當時人稱為「三鳳」。陸粲（一四九四－一五五一年），字子餘，一字濬明。他是陸采的二哥，自幼聰明穎悟。他們的族父陸完因立有大功，在朝中為太宰大司馬，重於天下。陸粲卻從不去依附他，而是以自己的文學才華受知於同鄉先輩。三十三歲時，陸粲赴南京會試，各科成績都非常出色，特別是做的對策，受到石文介的賞識，想將他置為第一。但考官中有嫉恨石文介的，偷偷地將陸粲的對策藏了起來。等到錄取名次到一半時才將陸粲的對策拿出來，石文介非常氣憤，說：「我被人出賣了！」而陸粲也只得以第三甲第三十七名中進士。後陸粲被選為庶吉士。

陸粲為官敢言直諫，曾多次上疏朝廷，論及國家治亂之策。三十六歲時，由於他的奏章牽涉了宮廷內幕，得罪了皇帝，因而受到了廷杖處分。不久，又因為彈劾張璁而下獄。後來被貶為貴州都勻驛丞。二年後，調任永新知縣，三年後辭官回鄉。由於他的正直和蒙冤不屈的經歷，他在當地士大夫中間很受人尊敬，被稱為貞山先生。

陸粲十分熱衷於戲曲、小說的創作，二十三歲時就寫成了筆記小說《庚己編》，共四卷，都是掌故及志怪故事。而對戲曲，陸粲也極有興趣，陸家有戲班，經常演戲娛樂。

《明珠記》共四十三出。寫唐襄陽人王仙客，自幼喪父，與母親寄居舅父家，舅父劉震為朝中戶部尚書。王仙客與表妹劉無雙自幼相處，彼此愛慕。王仙客的母親後來患了重病，臨終時將仙客託付兄弟，要求為仙客、無雙定親，劉震答應了他。於是仙客護柩歸鄉安葬了母親。三年後服孝期滿，王仙客又上京師，一來應試，二來向劉家求親。而劉震卻以甥舅之禮相待，絕口不提以前的婚約。王仙客多方努力，仍然不能實現願望，感到十分沮喪。

當時恰逢涇原節度使姚令應發動叛亂，太原節度使朱泚也乘機率兵攻入京師，皇帝與朝中大臣紛紛逃難。劉震命仙客率領僕人塞鴻押細軟家私先出城，自己帶家眷隨後至霸陵橋畔旅店和他相會，待事定之後，便讓仙客與無雙成親。仙客又悲又喜，只得押車先去，臨別時，無雙贈明珠一顆給仙客作為紀念。仙客至霸橋後一等再等卻不見舅父一家前來會合，繞至城門問守門人，才知無雙一家都被亂軍拘押不得出城。而京城附近混亂不安，王仙客無奈，只得棄了行裝奔回襄陽，塞鴻也逃往他處避難。

叛亂平定後，仙客思念無雙，又到京師尋訪舅父一家消息。他偶然遇到了僕人塞鴻，才知道舅父一家在亂中都安然無恙，然而由於劉震與丞相盧杞向來不和，因而又遭到誣陷，押在大理寺監獄中，無雙和母親都掖配宮廷。只有無雙的侍女采蘋被金吾將軍王遂中收為義女，仙客於是到王家被招為婿。王遂中又推薦王仙客做富平縣尹，並代理長樂驛驛丞。

新帝即位，命內官率一批宮女去園陵服役，途經長樂驛。仙客忖度無雙可能會在宮女之中，所以派塞鴻裝成茶童，帶著無雙所贈的明珠去為宮女們烹茶。無雙果然在其中，她認出了塞鴻，見了明珠，知道仙客就在驛中，於是偷偷告訴塞鴻讓仙客明日到她所住的床褥下取信。塞鴻告知了仙客，仙客見果有無雙在其中，便想謀求一見。於是塞鴻讓他扮做理橋官先往渭橋守候，宮女香車經過時，無雙看到了仙客，乃掀竹簾使仙客得以一見，並將明珠一顆擲還仙客。

仙客歸來十分傷情，塞鴻又將無雙留下的書信送來。在信中無雙告訴他富平縣有個叫古押衙的俠士樂於助人，可以去向他求助。仙客於是去找到了古押衙，古押衙拒絕了他的請求。這時朝中奸相也想讓古押衙為己所用，古押衙大義凜然地拒絕了他的收買，退隱於山林，王仙客毅然辭官隨他而去，兩人比鄰而居，王仙客對他奉養甚厚。一年後，古押衙為仙客的真情感動，於是親自去向茅山道士求得靈藥續命膠，又配製了毒酒，偽造聖旨，派采蘋扮做宮使，令塞鴻為隨從，二人到皇陵賜無雙飲酒自盡。古押衙再偽裝成劉家奴僕去求回無雙屍首，用續命膠使她起死回生。古押衙怕事情敗露，事成之後飄然遠遁。仙客、無雙等也遠走成都避難。劉震遇赦出獄，赴四川上任，兩家船隻在錦江相撞，劉家船破，夫婦過船避難，一家人不期而遇，歡喜團圓。

《明珠記》中王仙客對無雙忠貞不渝、始終如一的愛情感人至深，而古押衙是非分明、急人之難的俠士形象也塑造得鮮明生動。整個劇本情節緊湊，結構嚴謹，可以說是一部十分傑出的作品。由於情節的類似，戲曲界往往將《明珠記》和莎士比亞的傑出悲劇《羅密歐與朱麗葉》相提並論，但它要比莎翁的著作早六十多年。

汪廷訥有感獅子吼

汪廷訥（一五六九？—一六二八年），字昌朝，號無如，別署坐隱先生、無無居士、全一真人等，安徽休甯人。汪廷訥在晚明戲曲家裡面是一位較為神奇而怪誕的人物，他自幼過繼給同族的富商為養子，二十歲左右到南京以詩文拜見陳所聞，得到這位曲學前輩的讚賞；又出錢弄到一個國子監生員的頭銜，得以進入南京的文人圈子，成為社會名流。約三十歲時在南京參加鄉試，因父病而未能終場。

汪廷訥喜歡結納達官顯貴、文士名流。當時南北兩京的內閣大臣、尚書、督撫以至翰林學士如張位、于慎行、楊起元、馮夢禎等，名流如李贄、湯顯祖、張鳳翼、屠隆等都同他有交往，並呈重禮加以攀附，請求他們為自己寫傳記、題詩，到手之後又根據自己的意願適當地加以潤色，以抬高身價。甚至不惜偽造未能求到的文人題詞，以沽名釣譽，欺世盜名。汪廷訥曾對他的朋友張維新說：「華袞揄揚，徒暴吾短，文將焉用？」話雖然說得好聽，事實卻是他本人將許多商業廣告式的傳記和讚頌編印成《環翠堂華袞集》，可見他言不由衷。

汪廷訥所作雜劇八種，今僅存《廣陵月》（又名《韋將軍聞歌納妓》）一種；傳奇十五種，總稱《環翠堂樂府》，今存《獅吼記》、《種玉記》、《義烈記》、《投桃記》、《三祝記》、《天書記》、《彩舟記》等七種。其中《獅吼記》影響較大。

《獅吼記》共三十出。劇敘北宋陳慥，字季常，別號龍丘居士，出身於四川眉山書香世家，與蘇軾同鄉為友。後隨父陳公弼宦遊，流寓黃州岐亭，遂定居於此。季常雖才情磊落超群，但功名蹉跎，潦倒家園。因此，他常陶情詩酒，寄興煙霞，「花前愛挈東山妓，座上常開北海樽」。其妻柳氏雖貌美聰慧，卻凶妒異常，使他浪蕩遊樂之志不得遂。於是，便藉故訪父執呂樞密而進京，恰呂樞密出使別國，遂滯留京城。此時，蘇軾在京為官，二人每日攜妓浪遊，通宵達旦，樂而忘返。柳氏在家懸盼，久不見丈夫歸來，私遣家僕赴京，探知丈夫「歌兒舞女朝朝醉，鳳管鸞笙步步隨」，「揮金買笑任施為」，非常惱火，寫一封信說她在家已為丈夫買了四個小妾，讓丈夫速歸。陳季常回家，見四妾皆頭禿眼瞎，跛足歪腳，醜似夜叉，避之唯恐不及，而柳氏偏強迫四妾服侍他。

不久，蘇軾因忤宰相王安石之意，被貶為黃州團練副使，佛印禪師住持黃州室惠禪寺。季常與他們朝夕往來，回家後，甜言蜜語哄騙妻子，說柳氏的「影兒好似張員外家媳婦」，柳氏認為丈夫看上了張家媳婦，用扇子怒打陳生，陳生忙賠不是，主動為妻扇扇子。柳氏怒罵不止，威脅下次再犯，將藜杖加身。一日，蘇軾攜妓琴操遊杏塢桃溪，邀請季常一同賞春。待季常回家，柳氏命他罰跪池塘，蘇軾趕來才將他救起。蘇軾不憤，諷勸柳氏。柳氏罵他好管閒事，是「老牽頭」，「恨不用青藜打殺你」。蘇軾對季常說：「休道你怕她，我也有些兒膽怯了。」柳氏受了蘇軾一頓奚落，一腔怨氣無處發洩，怒咬陳生，並拉季常到縣衙告狀。原來縣令也是個懼內的，斷事之前先「看夫人不在屏風後」，才好問事。縣令剛責備了柳氏幾句，不料縣令夫人從後堂殺出，怒斥斷案不公，當眾痛打縣令。萬般無奈，縣令拉著夫人告到土地神那裡，土地神也說柳氏「悍妒」堪罪，告誡她以後要服從丈夫。可是土地娘娘也不依了，揪住土地神「拳頭巴掌聲聲響」，揚言要把這不公的「神明」，打得「下尋地獄，上走天堂」。於是，土地神夫婦、縣令夫婦、陳季常夫婦，揪做一塊，「混打一團」。土地神氣倒在地，醒來後唱道：「休道你做人受折磨，我為神也損傷。」

事過之後，蘇軾怨恨柳氏悍妒，不許陳生置妾，致使好友無子，便將自己心愛的侍女秀英贈給季常，令他別處藏嬌。柳氏雖未知聞，但防範更嚴，陳生若出門，她必滴水為記、燃香限時，稍有違逆，便「打二十藜杖」。一日，季常隨蘇軾、佛印遊赤壁，回家略遲。柳氏命陳生跪在堂前，頭頂燈盞，使他一動不動，整整跪了一夜。而季常仍「拘管由她拘管，偷行我自偷行」，忙裡偷閒，時常出外與小妾幽歡。柳氏察覺後，便用繩子綁住陳生一隻腳，自執一端，使他不得出門，隨時恭聽呼喚。陳生向巫嫗求救，巫嫗以羊易陳，放陳生逃走。柳氏抽繩，一隻羊嗚叫而來，柳氏十分驚懼。巫嫗謊稱「丈夫變羊」這是祖宗憤怒、鬼神降罰，須柳氏虔誠齋戒三日，回心向善，才能使郎君復現人形。三日後，陳生歸來，柳氏欣喜，善待陳生，並允許接回秀英同住。不久，柳氏舊病復發，仍舊爭寵嫉妒，打妾熬夫。陳生被打出家門，向蘇軾訴苦：「東坡，我與她也不像是夫婦」，卻像「我如兒，她似娘」，「她揪撏掐打，你檢驗滿身傷」。蘇軾激於義憤，攛季常準備興師問罪，只聽柳氏一聲「快拿拄杖來」，二人嚇得慌跑不迭。蘇軾說：「季常，我平日究心三乘，」無所畏懼，「今聞她一聲，令人心膽俱碎，莫不是獅子吼嗎？」並做詩四句以諷季常。

柳氏因凶妒而抑鬱成疾，魂魄被閻王攝入冥府，嚴刑究治。因她「悍妒」人世無雙，

「正要下入阿鼻地獄」，幸虧高僧佛印及時趕到，懇請閻王饒恕了柳氏罪過。佛印帶著柳氏魂遊陰曹地府，見到許多兇婦、妒婦、毒婦在煉獄中受無量苦處，景象陰森可怖，慘不忍睹。柳氏受此警戒，翻然悔悟，還陽後，虔心向佛，敬夫教子，夫唱婦隨，妻妾和樂。十年後，蘇軾回京任翰林學士、中書舍人，舉薦陳季常入朝為官，其子陳漠授東宮伴讀，一門榮蔭。而佛印則度脫柳氏、秀英及琴操，偕三人赴靈山而去。

汪道昆彩筆寫綺情

汪道昆（一五二五—一五九三年），一名守昆。初字玉卿，後來中了進士，便改為伯玉，號高陽生。隨著經歷的不斷豐富，他的名號也不斷增多，如太函氏、泰茅氏、天遊子、南溟、南明、天都外臣等都是他曾用過的稱號。

汪道昆二十三歲中進士，與後來的內閣首輔張居正是同年，都是吳維嶽的門生。自進士後，汪道昆的仕宦生涯一直比較順利。剛中進士，首輔夏言知其有才，便想將他羅致門下，被他婉言拒絕，於是被選為浙江義烏縣令，接著又被任命為浙江鄉試的考官，不到三年，升為北京戶部江西司主事，並奉命督工修繕北京城城牆。在實際的任職中，他顯示出非凡的才能，既精於文治，又擅長武略。他為義烏令時，息訟爭，平冤案，被當地人稱為神明，他教民講武，使邑民多英勇善戰。三十三歲時，便升到了襄陽知府的位子，在襄陽為了防止漢江洪水暴發，曾主持築堤一千餘丈，被命名為老龍堤，造福了當地百姓。為了給當地藩王襄王祝壽，他還創作了《大雅堂雜劇》四種。他的雜劇在當時和《紅拂記》、《竊符記》等名劇一起流傳。為了表示對他的感謝，在他升任福建按察副使時，襄王送給了他一些優伶。

《大雅堂雜劇》包括《高唐夢》、《五湖遊》、《遠山戲》和《洛水悲》四種。其中《高唐夢》、《洛水悲》分別以楚襄王、陳思王曹植為主角，據作者自己說是奉獻給襄王慶賀他二十八歲壽辰的作品，另外兩種則有詠懷性質。

《高唐夢》全名《楚襄王陽臺八夢》。寫戰國時期的楚襄王到雲夢澤遊玩，見高唐山上觀宇巍然，雲霧繚繞。宋玉於是對襄王講起當初懷王遊此地，夢見巫山神女，修建高唐觀的經過。襄王聽後神思飛動。當夜停駕宿於高唐山，襄王睡後也夢見有巫山神女前來朝見，襄王大喜，與神女共燭夜談，並想讓侍從準備酒肴，歌舞宴樂，以招待神女。神女婉然推辭，飄然而去。襄王從夢中醒來，十分驚訝，想起夢中神女的種種情態，情思繾綣，不能自已，更加相信宋玉所言。於是讓宋玉作賦一篇，以記奇遇。

《五湖遊》全名《陶朱公五湖泛舟》。寫越國重臣范蠡助勾踐復國後感到他不可共守安樂，為保全性命，便棄官而逃，帶著西施泛舟五湖。一日在湖中遇一漁家夫婦，范蠡見二人談吐不俗，乃請他們作漁歌一曲，並以美酒酬答。待二人離去後，范蠡仔細品味漁歌，才明白二人分明是避世逃名的隱者，頓有所悟，乃嘆自己雖功成身退而依然身隱名彰，於是決意從此為汗漫之遊，使世人莫知蹤跡。

《遠山戲》全名《張京兆戲作遠山》。寫漢代京兆尹張敞為妻畫眉的故事。張敞每日上早朝，其妻膏沐妝成，娥眉不畫。等張敞歸來，更衣換裝，親自為妻畫眉，然後同到後園閣樓上賞玩，夫妻飲酒賞樂。

《洛水悲》全名《陳思王悲生洛水》，寫三國時甄后屬意曹植而未能如願，死後鬼魂託名洛水水神，這日聞知曹植將經洛水東歸，於是盛裝以待。當曹植到洛水之濱時，見河洲之上有一女子自稱洛水之神。曹植見她容貌與甄后一樣，十分傷感，於是解下懷中玉珮相贈，洛神也贈他一顆明珠，相定永不相忘。洛神去後，曹植憂思難眠，作〈洛神賦〉記其所遇。

這些雜劇都是寫帝王、文人的風流韻事。如《高唐夢》寫人神相戀的神奇故事，寄託了作者在愛情方面的幻想。《遠山戲》更是作者以漢代張敞自寓，因為襄陽知府與京兆尹官位相近，汪道昆以古代夫妻間的綺麗故事來寫自己夫妻間的閒情逸致。《洛水悲》寫兩性之間感情阻隔的痛苦之情。《五湖遊》則表現出封建文人對前途的擔憂。這些作品結構非常簡單，情節也比較單純，但格調莊雅不群，語言清新俊逸，蘊藉空靈。字裡行間時時寄寓著作者的感情。

前人指出汪道昆與徐渭、康海一樣，都是「胸中各有磊磊者，故藉長嘯以發舒其不平」。汪道昆只不過藉宋玉、曹植等古代文人來顯示自己的才高，抒發胸中的鬱悶而已。

情脈脈一曲《紅梨記》

元人雜劇《錢大尹智寵謝天香》寫柳永眷戀名妓謝天香，他的朋友錢大尹怕他因此耽誤了前程，因而假裝將謝天香娶去做妾，逼他離開，等柳永功成名就時再說破真相，使他們團聚。這種類型的作品為數不少。到明代，還有作家以此題材構思情節，在雷同中求新異。徐復祚的《紅梨記》便是這類作品中成就突出的一部。

徐復祚（一五六〇—一六三〇年），原名篤孺，字陽初，一作暘初，號暮竹，又號三家村老，別署破慳道人。常熟人，生於杭州。他的祖父徐栻先後做過江西、浙江巡撫，官至南京工部尚書。徐復祚的父親先後三次結婚，他的第三任妻子姓安，娘家是無錫有名的「安百萬」，號稱江東首富。當安氏嫁到徐家後，馬上掌管了家政大權。徐復祚的生母姓周，是側室，她生性寬厚，對安氏的嚴苛逆來順受，但心中不免鬱鬱不樂，再加上她娘家的一些家事變故使她過於操勞憂慮，所以徐復祚在十二歲時，便失去了母親。

徐氏是常熟的大族，家庭資產雄厚，據徐復祚自述，他父親在世時，從大廳到內室有數十重門戶，單是他弟弟就有侍女數十人。但富有的大族內部往往缺乏親情。他的祖父去世後，家族中失去了核心，家庭成員之間有如仇敵，並接連發生謀財害命的醜聞。他的姑母因為與自己的公公關係曖昧而被夫家逐回，但由於祖母的寵愛，姑母私藏甚富。徐復祚的同母兄長昌祚為了謀奪姑姑的私產，假裝為她做媒，騙她跟人私奔，然後將她淹死在河中。這件事惹得人們議論紛紛，當時社會上就有〈徐姑傳〉、〈殺姑傳〉、〈沉姑傳〉之類的文字流傳。若干年後，由於兄弟之間的家產紛爭，他們的異母弟弟告發了這件事，又羅織了十二大罪使徐昌祚下獄。異母弟一面散發〈沉姑傳〉之類的文字，一面又派人持刀入獄，欲殺害徐昌祚。後來徐昌祚在獄中自殺而死。徐復祚為替親兄報仇，也寫文章來詆毀異母弟，大講罪惡報應，使異母弟心驚膽戰，經常見到徐昌祚的鬼魂作祟，不久精神失常而死。而對審理這一案件的縣官楊漣，支持縣官秉公執法的同鄉士紳顧大章，徐復祚也因此懷恨在心，當後來這二人被魏忠賢殺害，徐復祚反而拍手稱快，並不顧是非黑白，而且還在《花當閣叢談》中誣蔑他們接受被陷害的抗清將領熊廷弼的巨額賄賂。在中國戲曲史上，沒有一個戲曲家經歷過像徐復祚的家庭這樣殘酷的骨肉相殘，也沒有一個人像徐復祚那樣以一己私怨而顛倒是非到如此地步。

徐復祚的《紅梨記》所寫的故事大致與此相類，顯然受到了雜劇的影響。劇中寫宋朝時山東淄川人趙汝州，字伯疇，他入京應試，途中遇到故友錢濟之，聽他說官妓謝素秋才貌出眾，十分愛慕。入京後多次去拜訪，都沒有見著。素秋也早就耳聞趙伯疇的才名，聽說他多次相訪，便派人相約，贈詩一首，訂下相見之期，趙伯疇見詩後十分高興，也做詩答和。到了約定之日，不料太傅王黼設宴請太尉梁師成觀燈，命素秋前去陪酒。他見素秋美麗動人，想霸占為妾，素秋不從，被王黼拘禁家中，令老僕花婆監視。汝州和錢濟之如期赴約，聽她被拘王府，驚懼而歸。這時恰好金兵入侵中原，進迫汴京，宋徽宗讓位東逃，欽宗議和，王黼以內庫金帛賄賂金丞相斡離不，並欲贈其家妓一百二十名以討好金人，以素秋為首。素秋在花婆的幫助下逃了出來，來到花婆的故鄉雍丘縣，被縣令錢濟之收留，居住在衙中西花園。錢濟之認為素秋才貌雙全，正好與趙伯疇相配。趙伯疇誤認為素秋已被送往金營，大失所望，於是也到雍丘訪故友。錢濟之也留他住在花園中。一夜在園中，素秋吟詩為伯疇所見，詢問姓名，她說是園主王太守的女兒。二人心各傾慕，第二天晚上素秋又到書房訪伯疇，持紅梨花一枝請他題詠並將梨花插在瓶中，然後辭去。不久康王即位金陵，開科選士，錢濟之力勸伯疇前去應試，而伯疇正熱戀所遇的女子，不肯前去。花婆知道後自告奮勇，扮做賣花女，到伯疇書房，說他瓶中所插紅梨花乃是鬼花，王太守之女早已死去，其魂魄常常夜間出來迷惑書生。趙伯疇又驚又怕，急忙離開了雍丘赴金陵應試。中狀元後授為開封府僉判。赴任途中過雍丘，濟之設宴款待他，在桌上故意放上紅梨花，並讓素秋侍酒。趙伯疇很害怕，後來花婆出面解釋因由，素秋舊僕也來做證，才消除了疑慮。濟之又為他們備禮，使二人成婚。

此劇以寫才子與妓女的悲歡離合為主：謝素秋與趙伯疇慕名在先，彼此傾心，經過曲折悲歡終於見面，到最後結為夫妻。中間穿插了金人的入侵，也暴露了當朝權貴賣國求榮的可恥行為。劇本問世以來受到人們的熱情讚頌，一直盛行於崑曲舞臺上，特別是〈亭會〉、〈醉皂〉兩出，至今還時常演出。

徐復祚戲曲作品中較著名的還有傳奇《宵光劍》、《投梭記》和雜劇《一文錢》，但思想性和藝術成就都不及《紅梨記》。

讀故事・學文學

明代文學故事　上冊

編　　著　范中華
版權策劃　李　鋒

發 行 人　陳滿銘
總 經 理　梁錦興
總 編 輯　陳滿銘
副總編輯　張晏瑞
編 輯 所　萬卷樓圖書(股)公司
排　　版　鄭　薇
封面設計　鄭　薇
印　　刷　百通科技(股)公司

發　　行　昌明文化有限公司
桃園市龜山區中原街32號
電　　話 (02)23216565
傳　　真 (02)23218698
電　　郵 SERVICE@WANJUAN.COM.TW
大陸經銷
廈門外圖臺灣書店有限公司
電　　郵 JKB188@188.COM
香港經銷
香港聯合書刊物流有限公司
電　　話(852)21502100
傳　　真(852)23560735

ISBN 978-986-92492-6-3
2016年4月初版一刷
定價：新臺幣250元

如何購買本書：
1. 劃撥購書，請透過以下帳號
帳號：15624015
戶名：萬卷樓圖書股份有限公司
2. 轉帳購書，請透過以下帳戶
合作金庫銀行古亭分行
戶名：萬卷樓圖書股份有限公司
帳號：0877717092596
3. 網路購書，請透過萬卷樓網站
網址 WWW.WANJUAN.COM.TW
大量購書，請直接聯繫，將有專人為您服務。(02)23216565 分機10

如有缺頁、破損或裝訂錯誤，請寄回更換

國家圖書館出版品預行編目資料

明代文學故事 / 范中華編著. -- 初版. -- 桃園市：昌明文化出版；臺北市：萬卷樓發行, 2016.04
冊；　公分. -- (讀故事.學文學)

ISBN978-986-92492-6-3(上冊：平裝)

857.63　　　　104028397